# Unter die Haut

**Kurzgeschichten von Frank Malkusch**

Bibliografische Information der Deutschen Nationalbibliothek:
Die Deutsche Nationalbibliothek verzeichnet diese Publikation in der
Deutschen Nationalbibliografie; detaillierte bibliografische Daten sind im
Internet über http://dnb.dnb.de abrufbar.

Lektorat: Dr. Doris Quinten

Herstellung und Verlag: BoD – Books on Demand, Norderstedt

ISBN: 9783751984386

# Buchstabensuppe

## Montag

Seit vier Tagen hockte das Schweigen dumpf wie eine fette Kröte in unserer verqualmten Wohnküche. Die Luft war zum Schneiden dick. Nicht nur wegen der eisigen Stimmung, sondern auch wegen des Suppenhuhns, das im brodelnden Kochwasser über Stunden vor sich hin köchelte und sich allmählich in eine gallertige Masse verwandelte. Auf Tage hin würde uns nun die reichlich mit Gemüse und Nudeln versetzte Suppe als Mittagessen dienen.

Mir war schlecht. Aber das interessierte niemanden. Die Mutter sparte mit Salz an der Suppe, weil ihre Liebe wieder einmal durch das Geschrei des Vaters und die in tausend Splitter zerschlagene Tischplatte zersprungen war. Sie weinte beim Umrühren in die Suppe hinein. Ich schrieb fahrig an meinen Hausarbeiten, ohne das Geschriebene zu verstehen.

Dieses frostige Schweigen, das den ständigen Streitereien folgte – ich hielt es nicht mehr aus und sagte verzweifelt:

„Ich wünsche mir Buchstabennudeln in der Suppe. Dann redet wenigstens die Suppe mit mir."

Mutter strich mir über das Haar und nickte verloren. Die Suppe war längst fertig. Doch sie rührte weiter und schien in den Topf hineinzusprechen, als redete sie mit dem Huhn, das sich dort mehr und mehr in seine Bestandteile auflöste:

„Sag endlich was, du alter Sturkopf!"

Über das Loch in der Tischplatte war ein Brett gelegt, auf den sie nun den dampfenden Topf stellte. Mit der Kelle füllte ich die Suppenteller randvoll. Auf der Glatze meines Vaters mit der behaarten Warze mitten auf dem

Stiernacken spiegelte sich das Licht der tief hängenden Lampe. Er beugte sich so dicht über den Suppenteller, dass dabei seine rote Knollennase fast in die Suppe eintauchte.

Seine einzige Antwort auf die gepresst hervor gebrachte Aufforderung meiner Mutter, doch endlich zu reden, war nur ein immer wiederkehrendes, rhythmisch schlürfendes Geräusch, wenn er den gefüllten Suppenlöffel in den Mund schob, sowie ein knirschendes Schaben, wenn er mit dem Löffel über den Tellergrund fuhr.

An seiner angespannten Halsmuskulatur war zu erkennen, dass die Zeichen immer noch auf Sturm standen. Ein weiteres Wort nur und unter seinem erneut explodierenden Jähzorn würde wieder irgendetwas zu Bruch gehen. Vielleicht wäre es diesmal der volle Suppentopf, den er vom Tisch fegte? Vater redete nicht. Heute nicht und Morgen nicht und vielleicht niemals wieder. Weil das Bier nicht kalt genug gewesen war!

Ich war verzweifelt und mir war schlecht. Das Kratzen dreier Löffel auf den Tellergrund war das einzige Geräusch in der Küche. Ich ordnete die Buchstabennudeln am Rand meines Tellers zu einem Satz und schob ihn dem Vater zu, ehe er aufstehen und ins Wohnzimmer verschwinden konnte, um dort den restlichen Nachmittag vor dem laufenden Fernseher vor sich hin zu brüten:

„Rede doch, Papa. Das Bier ist jetzt kalt."

Er beugte sich über meinen Teller, pickte die Nudeln mit zwei Fingern vom Rand herunter und schluckte die Buchstaben mit einem lauten Schmatzen. Dann stand er auf und verließ die Küche.

**Dienstag**

Ich stürmte nach der Schule sofort nach Hause und stellte das Bier kalt. Mutter stand wie ein Häuflein Elend am Herd und wärmte die Suppe vom Vortag auf.

Er saß wieder steif vornüber gebeugt wie eine Skulptur, die auf dem Stuhl ausgegossen war. Ich füllte seinen Teller mit Suppe. Wie am Vortag begann er wortlos zu löffeln und zu schlürfen. Seine rot angelaufene Nase und das zornig funkelnde Augenpaar sah ich nur, wenn er die Bierflasche ansetzte und trank. Dieses Mal flammten auch die fleischigen Ohrläppchen gefährlich rot. Ich hielt es nicht länger aus:

„Vater, rede endlich! Das Bier ist doch jetzt wirklich kalt genug, oder etwa nicht?"

Als Antwort erhielt ich immerhin ein Grunzen. Vielleicht hatte er sich aber auch nur verschluckt, denn er hustete in den Teller hinein, so dass es Sturmwogen über den Suppensee peitschte. Dann sah er die von mir neben seinem Teller aus Buchstabennudeln zusammengesetzten Sätze:

„Mutter heult. Mir ist schlecht. So rede doch!"

Er schüttelte nur kurz den Kopf, pickte wieder die einzelnen Buchstaben auf und schluckte sie hinunter. Das Bier schmeckte ihm, denn sein Kehlkopf hüpfte bei jedem Schluck vergnügt auf und ab. Wütend dachte ich:

‚Wenigstens etwas, das hier seinen Spaß hat.'

Das letzte Kratzen über restliche Suppenreste am Tellerboden verklang und wieder blieben nur zwei Augenpaare zurück, die nicht aufhören wollten, dem Flug einer Fliege um die Küchenlampe zu folgen, während er sich auf dem Sofa im Wohnzimmer ausstreckte und seine schwere Arbeit im Holz begann.

**Mittwoch**

Die Schulmappe flog in die Ecke.

„Die Suppe, Mutter."

„Heute schon wieder? Und was ist, wenn er Krach schlägt? Dreimal hintereinander Suppe, das ging noch nie gut."

„Vielleicht redet er dann wieder. Besser Schreien, als diese eisige Stille."

Das Schaben der Löffel. Der Stiernacken, auf dem heute kleine Schweißperlen standen. Die Nasenhaare, die sich kräuselnd ins Freie vorschoben. Er vernachlässigte sich! Es ging ihm also auch nahe.

Wieder kein Wort. Mir war schlecht, aber dieses Mal vor Aufregung. Er hatte die Suppe fast ausgelöffelt. Nur noch ein paar hartnäckige Mohrrübenscheiben auf dem Tellergrund, die wie festgeklebt schienen. Da der Löffel seine Aufgabe nicht erfüllte, wurde er mit einem Grunzen quer durch die Küche in die Spüle geworden und die wurstförmigen Finger pickten einmal wieder zu. Da sah er die zuvor durch die Mohrrübenscheiben verdeckte Schrift auf dem Porzellanboden des Tellers:

„Papa, wir lieben dich! Rede endlich!"

Er grunzte wieder in die angespannte Stille. Auch diese Buchstaben wollte er mit den Fingern aufpicken, doch sie blieben haften. Ich hatte zuvor die rohen Nudeln auf dem Tellerboden fest geklebt und dann die Mohrrübenscheiben darüber gelegt, ehe ich vorsichtig mit der Kelle eingeschenkt und ihm erst dann den vollen Teller hingestellt hatte. Er mühte sich ab, doch die Nudeln widerstanden ihm. Nach einer Weile schob er den Teller von sich weg und schaute mich an:

„Gibt es noch was zu essen?"

Die Mutter sprang auf und holte kalten Braten aus der Speisekammer.

Der Vater redete wieder, die Mutter lächelte. Nur mir war

immer noch schlecht.

***********

# Der Feind

„Es ist ganz einfach. Die Welt ist gut. Überall herrscht Harmonie und Frieden. Es gibt nur noch einen Störfaktor. Und der bist du. Du bist der Feind, den es auszulöschen gilt. Und nun los!"

Er ist mitten im Spiel. Ein Schuss fetzt ihm den Arm weg. Blut spritzt aus dem Stumpf. Aus dem zerbrochenen Mauerwerk eines Ringwalls hört er es krachen. Sofort geht er in Deckung. Ein weiterer Schuss dröhnt über ihn hinweg. Sie sind hinter ihm her und er verfügt nur über einfache Waffen, mit denen er kaum etwas ausrichten kann. Der Kopf eines Gegners zeichnet sich mit blondem Haarkranz vor einer Toreinfahrt ab. Es genügt, schnell zu zielen und abzudrücken: Schon platzt der Kopf weg und der Körper fällt wie ein leerer Sack in sich zusammen.

Hier kann er nicht bleiben! In dem ungeschützten Gelände ist er wie auf einem Präsentierteller. Mit einem gewagten Sprung sucht er, wie schon so oft, hinter einem knorrigen, halb verkohlten Baumstamm Deckung. Von hier aus kann er mit ein paar Sätzen die Einmündung einer dunklen Gasse erreichen, die in die ausgebrannte Altstadt führt. Von überall her blitzen nun Feuergarben über ihn hinweg, ohne ihn indes zu treffen.

In einer Mauernische findet er Zeit, den Armstumpf abzubinden, um zu verhindern, dass sich das Konto seiner Lebensenergie zu schnell erschöpft. Doch schon fällt der Kegel eines Scheinwerfers auf ihn. Er darf hier nicht länger bleiben! Immer weiter hetzt er in die zerstörte Stadt hinein. Von allen Seiten wachsen neue Gegner aus dem Boden, die er, ehe sie zur Waffe greifen können, niederzumähen hat.

Die ihm zugefügten Wunden heilen schnell, während Splitter und Streifschüsse seinen Körper an anderen Stellen wieder neu aufreißen. Der Schmerz trifft ihn jedes Mal mit äußerster Stärke. Nur wenige Augenblicke findet er dann Zeit, den Blutverlust zu stoppen, ehe er wieder hinter einem ausgeglühten Auto aufgestöbert oder aus einem Erdloch durch den Druck einer über ihm gezündeten Landmine herausgeschleudert wird.

Jedes Erlöschen eines Feindes bringt ihm neue Lebenspunkte ein. Die Zahlenkolonnen auf seinem Konto rattern in die Höhe oder verlieren sich gegen Null, wenn es ihm nicht gelingt, schneller als der Gegner zu sein. Sein Atem pfeift vor Anstrengung. Der Schweiß rinnt ihm aus allen Poren. In den kurzen Pausen, in denen es etwas ruhiger um ihn wird, weil er kräftig unter den Feinden aufgeräumt hat, spürt er die Müdigkeit, die sich in ihm eingenistet hat.

Doch es gibt kein Entrinnen! Je länger er sich ausruht, desto mehr neue Gegner haben sich um ihn verschanzt. Hubschrauber kreisen über ihm. Ihre Scheinwerfer fingern suchend durch die Nacht, bis sie ihn endlich erfasst haben. Brandbomben werden geworfen, die jedoch nichts mehr entzünden können, da die Häuser der Stadt bereits bis auf die Grundmauern abgebrannt sind. Durch die Detonation spritzt Erde und Mauerwerk über ihn hinweg. Ein Stein schlägt ihm ein Auge aus. Lange wird er sich nicht mehr halten können, denn seine Energie schmilzt dahin. Er weiß nicht, wo er sich befindet. Es bleibt keine Zeit, sich anhand der wenigen verbliebenen Schriftzeichen an den zerfetzten und halb abgerissenen Straßenschildern zu orientieren. Es gibt keine Möglichkeit, aus dem zerbombten und verschütteten Gelände, das ehemals eine Stadt gewesen war, zu entkommen. Wohin hätte er sich auch wenden sollen?

Dabei will er schon lange nicht mehr kämpfen. Er ist es längst müde geworden, andere Leiber zu zerfetzen, solange, bis es ihn schließlich selbst erwischt und er in einer von Schmerzen erfüllten Dunkelheit versinkt, aus der er, mit schlechterer Bewaffnung, in ein neues Leben hinein katapultiert wird.

Dann kauert er wieder hinter dem Mauervorsprung, hinter dem er zuvor unzählige Male ein Leben verloren hat, nur, um erneut zu versuchen, in die leeren ausgebrannten Fensterhöhlen eines zerstörten Schulgebäudes zu gelangen, in dem er hofft, sich besser gegen seine Gegner schützen zu können. Nichts als ein einfaches Messer ist ihm dieses Mal geblieben. Mit jedem Feind, den er tötet, stockt er aber sein Waffenarsenal schnell wieder auf: Bazooka, Maschinengewehr, Flammenwerfer, frei wählbar bis auf Eines: nicht mehr wählen zu müssen.

Er will nicht mehr. Jeden Toten, der durch seine Hand stirbt, betrauert er jetzt wenigstens für einen Augenblick, ehe ihn seine Verfolger neu aufspüren und weitertreiben. Das Spiel geht in die nächste Runde. Und noch weniger ist es ihm nun durch das stets schneller vorgegebene Spieltempo möglich, einfach bei den Toten zu sitzen und still zu weinen. So lässt er im unendlich sich hinziehenden Rennen durch Ruß geschwärzte Gänge eines Kellergeschosses den Tränen freien Lauf, während sich hinter ihm die Meute der Verfolger zusammenrottet, die er nach und nach mit seinen neuen Waffen hinweg pustet, zerstäubt, in Flammenbälle verwandelt, die sich dann durch den Gang kugeln und den Nachfolgenden für einen kurzen Augenblick den Weg zu ihm versperren.

Er erträgt sie nicht mehr, die Einsamkeit, die ihn kalt einschließt. Von einem Level schiebt er sich zum nächsten, ohne jemals das letzte Ziel zu erreichen. In diesem Spiel gibt es weder Sieger noch Verlierer. Hier herrscht nur der durch neue Wunden immer wieder neu zugefügte Schmerz, der ihm als Gradmesser seiner Verzweiflung dient. Wie soll er den Angreifern verständlich machen, wie sehr er sich inzwischen ihre Nähe und Freundschaft wünscht. Manchmal, wenn er Glück hat, kann er durch den Lärm hören, wie sie Worte miteinander wechseln. Niemals jedoch geben sie ihm Antwort, wenn er ihnen durch das unaufhörliche Dröhnen der Waffen etwas zuruft.

„Warum", brüllt er in die Verschanzung hinein, „warum könnt ihr die Waffen nicht ruhen lassen? Wir sind doch Brüder." Er versucht, sich ihnen mit erhobenen Händen zu nähern, nachdem er seine Waffen in den Staub geworfen hat. Doch ein gut gezielter Schuss trifft ihn mitten ins Herz. Eine Schmerzfontäne spaltet sein Denken und Wünschen, während er sich auf den zerbrochenen Betonplatten einer

Garagenauffahrt im eigenen Blut wälzt, bis wieder eine neue Runde eingeläutet wird.

Irgendwann, so seine Hoffnung, während er in das Meer aus Schmerz versinkt, werden sie ein Einsehen haben, in diesem endlosen Wahnsinn innehalten und die Waffen gleich ihm niederlegen. Dann wird er sich endlich zusammen mit ihnen aus dieser Hölle befreien können.

**Doch dann verstehe ich:**

Anfang und Ende sind nichts als ein Wunschtraum.

**Ich** bin das Alpha und das Omega.

**Ich** bin der Feind. Es gibt niemanden sonst außer mir.

Ich bin allein.

*********

# Grenzenlos

Wir saßen wie die Maden im Speck. Es war ein Paradies

auf Erden. Jeder kann verstehen, dass man so etwas nicht

einfach aufgibt. Nun ist sowieso alles vorbei.

Dabei hatte ich rechtzeitig erkannt, auf was wir

zusteuerten. Mir kann niemand vorwerfen, meine

Funktion als Wächter schlecht ausgeführt zu haben. An mir

lag es nicht. Doch das nützt jetzt auch nichts mehr.

Bei den ersten Anzeichen der drohenden Gefahr schlug ich

Alarm und sandte die alarmierenden Informationen über

Boten zu den verstreuten Kolonien. Normalerweise waren

alle sorgsam darauf bedacht, sich in alle Richtungen

auszubreiten und reagierten sofort auf die von mir

ausgesprochenen Warnungen. Jetzt allerdings, bei der

fieberhaft herrschenden Aufbruchsstimmung, stieß ich auf

taube Ohren. Kein Wunder. Denn ich stellte das

Grundgesetz unserer Kolonie in Frage: Sich zu mehren. Die Reaktion ließ nicht lange auf sich warten. Die Boten kamen mit den Antworten zurück:

„Das ist Aufruhr, Revolution! Das bedeutet Ausschluss aus der Gemeinschaft!"

Der Ältestenrat fügte im versöhnlichen Ton an: „Bisher hast du deine Arbeit gut gemacht. Sei vernünftig! Trage weiterhin zur Entwicklung und Mehrung bei. Nur so wirst du deiner Bestimmung gerecht."

Gut, ich gebe zu, ich gab zunächst nach und teilte mich weiter. Was blieb mir sonst auch übrig? Ein Ausschluss aus der Gemeinschaft hätte bedeutet, den überall lauernden Feinden ausgeliefert zu sein, die freudig über mich herfallen würden. Außerdem wollte ich treu unserem ehernen Grundgesetz: „Teile dich und herrsche" folgen. So wurde ich weiterhin zu unzählig Vielen, die in alle

Richtungen ausschwärmten, um überall ein neues Ganzes zu bilden.

So war das also: Ich selbst und das von mir verinnerlichte Grundgesetz waren das eigentliche Problem. Denn ich bin eine Krebszelle. Nicht irgendeine beliebig harmlose, die der Träger durchaus wieder loswerden kann. Nein, ich gehöre zu den als bösartig, gemein und heimtückisch bezeichneten Zellen, die sich dort ansiedeln, wo es am meisten zu fressen gibt, und zudem im Verborgenen leben, um so spät wie möglich entdeckt zu werden. Ich hatte den Herzmuskel gewählt. Im Prinzip war das eine gute Entscheidung, denn unentwegt strömt hier frisches, mit Sauerstoff und Nährstoffen angereichertes Blut im Takt des treu pumpenden Organs zu mir. Ist das etwa böse? Nein, denn schließlich habe auch ich ein Recht auf Leben!

Mir und bald auch meinen aus mir entstandenen Tochterzellen ging es wirklich gut, denn der Tisch war stets reichlich gedeckt. Wir räumten im großen Stil ab, denn unser Hunger wuchs ständig, weil wir stetig mehr wurden.

Irgendwann wurde ich durch die ständigen Teilungen und Vermehrung meiner Töchter abseits an den Rand der Kolonie gedrückt. Dabei stieß ich gegen etwas Festes, Hartes, das sich durch den von uns gemeinsam erzeugten Druck nach außen dellte. Sofort wurde mir bewusst, dass hier ein Problem vorlag, das unser aller Existenz bedrohte. Ich fragte mich, was wohl hinter dieser harten Schicht liegen mochte. Um das herauszufinden, bohrte ich ein winziges Loch in die Wand hinein und erschrak zutiefst, als ich mich mit meinen Füßchen weiter in die Tiefe vortastete. Denn hinter der harten Wand befand sich nichts als schwammiges Gewebe! Ich berechnete den Druck des Blutes, das uns umströmte, die schlaffe, schwammige Leere hinter der ledernen Wand, die abnehmende Dicke des Muskels, in dem wir saßen und den wir zerstörten, indem wir ihn durch unsere Kolonien zersetzten, und zählte eins und eins zusammen:

Der Zeitpunkt, wenn die Innenauskleidung des Herzens unter dem Druck unseres wachsenden Knotens bersten und der von uns besiedelte Organismus sterben würde, war nicht mehr fern.

Der Organismus, in dem wir saßen, war der Körper des etwas betagten Lehrers Meier mit seinem gekrümmten Rücken. Auch er war, wie wir, auf den Blutstrom angewiesen. Kein Blutstrom, keine Nahrung, kein Sauerstoff, kein Weiterleben. So einfach war die Rechnung. Wir waren nichts anderes, so wurde mir bewusst, als ein Pickel, der so lange reift, bis er platzt. Doch niemand unter meinen Nachfahren wollte mir Glauben schenken.

Ich hielt eine flammende Rede:

„Töchter, Enkel und Urenkel! Es droht große Gefahr! Schluss mit der exzessiven Teilung! Haltet inne! Nur in Koexistenz mit unserem Träger, dem ehrenwerten Lehrer Meier, können auch wir weiter leben! Reißt die Herzwand, stirbt Lehrer Meier und mit ihm auch wir! Maßhalten heißt die Devise!"

Doch ich wurde scharf gemaßregelt:

„Du willst also, dass wir gegen das Grundgesetz, uns zu vermehren, verstoßen, so dass andere Kolonien uns überwuchern und uns den Lebensraum nehmen? Du bist ein Verräter! Unsere Herrschaft über den Körper des ehrenwerten Lehrers Meier aufgeben hieße, den eigentlichen Sinn unseres Daseins zu verraten. Das kann und wird niemals unser Ziel sein! Teile dich weiter oder du wlrst eliminiert! Wähle selbst!"

Man verbot mir jedes weitere Wort.

Die Herzwand riss am nächsten Tag, als der ehrenwerte Lehrer Meier vom Frühstückstisch aufstand. Im pumpenden Rhythmus des treu arbeitenden Muskels schoss der Blutstrom direkt an mir vorbei in das Lungengewebe, hebelte mich aus dem Verbund und riss mich mit sich. Ich taumelte und versuchte, mich an einzelnen Lungenbläschen festzuhalten. Der Körper des ehrenwerten Lehrers Meier, der uns nährte und barg, stürzte um.

Ich gebe für unsere Nachwelt zu Protokoll: Die Nährstoffe bleiben aus und der Sauerstoff wird knapp. Mögen uns möglichst bald ehrenwerte Würmer finden und in sich aufnehmen, ehe es für uns zu spät ist.

**********

## Tauben füttern verboten

Emilie zielte und spuckte. Wieder verfehlte sie das Schild. Das ging nun schon so seit drei Jahren. Aber sie würde auch in Zukunft füttern, so lange ihre Füße sie noch hierher an den Teufelssee trugen!

Zweimal die Woche zockelte sie mit ihrer Gehhilfe diesen Weg entlang. Sie lachte in sich hinein. Ihr mit ihren 82 Jahren das Taubenfüttern verbieten zu wollen! Da sollte man doch eher die Rowdys verbieten, die mit ihren Brettern unter den Füßen den Weg in einer Lautstärke herab donnerten, so dass ihre heiß geliebten Tauben mitten im Satz abbrachen und in die Höhe flatterten. Meist waren die Vögel danach völlig durcheinander und fanden den Faden nicht mehr wieder zu dem zurück, was sie ihr zuvor erzählen wollten.

Diese Bretterjungs, wie sie sie nannte, hatte sie schon lange auf dem Kieker. Einer von ihnen war ihr sogar einmal fast in die Seite gefahren und sie wäre beinahe gestürzt.

„Sie mit ihren Glasknochen", wie der liebe Herr Doktor immer so nett besorgt meint, während er ihr auf die Wange tätschelt. „Ein Sturz und der Oberschenkelhals ist durch, meine liebe Emilie. Ob das in Ihrem Alter noch heilt, das wissen die Götter! Wenn dann nicht noch mehr dabei zu Bruch geht!"

Kaputte Knochen, das hieße, auf die Tauben, ihre einzigen Gesprächspartner, die ihr noch geblieben waren, zu verzichten. Doch als hätten es diese Rotzbuben darauf angelegt, zischten sie immer so eng an ihr vorbei, dass der Saum ihres Wintermantels im Fahrtwind flatterte. Vor Schreck stolperte ihr dann jedes Mal das Herz und es brauchte stets einige Zeit, bis es sich wieder beruhigt hatte.

Tief gebeugt schlurfte Emilie auf ihren spindeldünnen Beinchen weiter und schob die Gehhilfe vor sich her. An einer Seite des Wägelchens baumelte in einer Plastiktüte zusammen mit zwei Äpfeln die Flasche Bier, die sie sich stets mit den Tauben teilte; auf der anderen Seite das über Tage gehortete Brot.

Alles war an diesem trüben Januartag gefroren. Ängstlich hielt sich Emilie am Gehwagen fest. Gerne hätte sie sich irgendwo hingesetzt. Doch die Bänke, die im Sommer ohnehin meist durch Unrat, zum Teil sogar durch Erbrochenes und kaputte Bierflaschen unbenutzbar geworden waren, hatten sie nun abmontiert und die Sitzfläche ihres Wägelchens war leider durchgerissen. Wer hätte es ihr auch flicken sollen?

Emilie war erschöpft und zugleich wütend. Ihr Atem pfiff und ihr war schwindlig vom Anstieg auf den höchsten Berg Berlins, auf dessen halber Höhe ihr Taubenplatz gelegen war. Alles zerstören diese Flegel! Oft genug hatte sie

gesehen, wie diese Strolche sogar absichtlich auf ihre

Tauben zuhielten, wenn sie im Schuss den Hang hinunter

gedonnert kamen.

Da hörte sie hinter sich schon wieder das vertraute und

zugleich verhasste Rattern und Klackern. Sie war zu steif,

um sich umzudrehen. Zudem dröhnte dieses grässliche

Geräusch, das sie unter dem Begriff Musik einfach nicht

zu akzeptieren bereit war. Auch dieses Mal wurde dieser

widerwärtige Tonbrei, der aus Ohrstöpseln drang, nur

gedämpft, aber das dumpfe Wummern dabei kaum

vermindert.

Ja, sie hörte leider zu gut, nur die Augen wollten eben

nicht mehr so recht. Wie konnte man sich dieses

scheußliche Kreischen nur freiwillig in die Ohren pressen

und damit das letzte Restchen Verstand auch noch aus

dem Kopf pusten? Sie selbst hatte ein so feines Gehör,

dass sie auch die Tauben gut verstand, wenn sie ihr mit den Köpfchen wissend zunickten und ihr die Geschichten vom Trümmerberg unter ihren Füßen erzählten: Von all den Stimmen, die hohl aus dem zugeschütteten Schacht erklangen und zu ihnen in die Höhe strebten. Und manchmal meinte sie, unter ihr das Raunen der in den Trümmern Gestorbenen zu hören, die sich vergeblich mühten, endlich ihre bis jetzt nicht erhörte Lebensgeschichte an sie abgeben zu können, um erlöst zu werden.

Das Früchtchen kam verflixt schnell auf sie zugesaust und der Weg war zum Ausweichen zu schmal. Die Dämmerung war, bedingt durch den grautrüben Himmel, früher, als sie es eingeschätzt hatte, hereingebrochen. Zudem hatte ihr Herz darauf gepocht, immer wieder zu pausieren. Lange würde sie diesen beschwerlichen Weg ohnehin nicht mehr gehen können. Doch bis dahin würden ihre Knochen alles hergeben müssen! Sie ließ sich nicht unterkriegen, erst recht nicht durch diese respektlosen Lümmel!

Zwischen den Wipfeln der Birken, Kiefern und Erlen sah sie den Spiegel des Teufelssees im letzten Abendlicht blinken. Was wäre, wenn sie ausgerechnet jetzt umgestoßen und dann hinfallen würde? Um diese Zeit kam hier so gut wie niemand mehr vorbei. Wer würde dann nur die armen frierenden und hungrigen Täubchen füttern?

Da! Es rumpelte schon gefährlich dicht hinter ihr! Gleich würde sie gepackt und umgeworfen werden! Hier wollte sie nicht sterben!

Ohne einen einzigen Schritt zur Seite zu gehen, schob sie, als diese grauenhafte Musik schon überlaut in ihre Ohren hinein plärrte, mit Schwung ihr Wägelchen neben sich in den noch frei gebliebenen engen Wegspalt. Die Kraft dazu hätte sie sich selbst gar nicht mehr zugetraut. Doch es war die geballte, über Jahre angesammelte Wut, die ihr dabei half. Vielleicht war es aber auch die Wut der unter ihr hausenden Seelen, die täglich durch das unsägliche Kreischen und Scheppern aus ihrer wohl verdienten Ruhe gerissen wurden, oder die vielen Seelchen der durch die Bretterbuben zu Tode gekommenen Täubchen.

Als es jetzt krachte und der Wagen ihr dabei aus den Händen gerissen wurde, igelte sie sich instinktiv in sich ein und schloss die Augen. Dann prasselte es dicht neben ihr im Gebüsch und ein lang gezogener Ton, so lang wie der Funkturm, gellte durch die Luft. Danach war Stille. Bis auf die etwas erstickt klingenden Geräusche, die jetzt aus dem Gebüsch drangen. Die Ohrstöpsel waren anscheinend heil geblieben und aus ihnen plärrte es gedämpft weiter.

Das Gehwägelchen stand schief vor ihr. Der Stamm eines wuchtigen Ahorns hatte es aufgefangen. Sie bedankte sich bei dem Baum und überprüfte die Funktionsfähigkeit des Wägelchens, ehe sie in das Gehölz hineinrief:

„Junger Mann! Brauchen Sie Hilfe?"

Es kam ihr lächerlich vor, Hilfe anzubieten, nachdem ihr selbst das Herz soeben fast stehen geblieben war. Es rührte sich nichts. Nur die Musik pumpte weiter mit dumpfen und schnellen Schlägen. Genauso schnell wie ihr Herz jetzt schlug. Sie musste nun aber dringend weiter zu ihren Täubchen, bevor es vollkommen dunkel wurde.

Aufgeregt erzählte sie den Tauben das Erlebte, während sie das Brot gerecht verteilte. Niemand begegnete ihr, als sie zurückkehrte. Bis auf das Rauschen des fernen Verkehrs, das auch hier oben niemals abebbte, war es still. Nur dieses pumpende Musikgeräusch wummerte weiter, als sie jene unheilvolle Stelle passierte.

In der Nacht schneite es. Drei Tage konnte sie das Haus nicht verlassen. Dann zog es sie wieder zu ihren lieben Täubchen. Sie brach früh auf, denn sie ahnte, dass die Wege am Berg wieder einmal nicht geräumt worden waren. Obwohl der Schnee an einigen Stellen schon abgetaut war, konnte sie ihr Wägelchen nur sehr mühsam voran schieben. Im Schnee waren nur ein paar Hundespuren zu sehen.

Sie stutzte, als sie an der schrecklichen Stelle angekommen war. War es das Raunen der frierenden Seelen, was sie da hörte? War es ihr Herz, das vor Anstrengung so pochte und wummerte? Nein, das Geräusch kam direkt aus dem Gebüsch neben dem rettenden Ahornstamm. Es war ein Wummern, das ihr irgendwie bekannt vorkam. Woran erinnerte sie nur dieses Geräusch? In das Wummern quetschten sich leise und unregelmäßig, immer wieder aussetzend wie ihr Herz, kreischende Töne, die jedoch, als sie genauer lauschte, auf einmal abrissen. Wahrscheinlich war es nur die Sirene eines Krankenwagens gewesen, die von weit unten den Berg hinauf schallte.

Dort, im Gehölz, woher die Geräusche kamen, stak da nicht etwas zwischen den Baumstämmen im Schnee? Man hätte fast meinen können, jetzt am gleißend hellen Mittag zwei Beine in die Luft aufragen zu sehen. Aber ihre Augen waren eben doch sehr schlecht geworden. Und die Täubchen warteten.

Auf dem Rückweg eilte sie schnell an dieser Stelle vorbei. Doch da war nichts mehr bis auf das Knirschen ihrer Schritte und der Räder des Gehwägelchens im Schnee zu hören …

**********

# Die Lektorin

Die Vorzeichen waren denkbar ungünstig, denn sie ließ ihn dieses Mal ungewöhnlich lange im Vorraum warten. Die alte englische Standuhr zerteilte mit unbarmherzigem Ticken die nutzlos verstreichende Zeit und vernichtete sie mit jedem Ausschlagen des Pendels.

Er hätte die Zeit nutzen können, um letzte Verbesserungen vorzunehmen. Aber er wusste, dass auch diese keine Gnade vor ihren Augen finden würden. Nichts hatte Bestand vor ihrer Kritik. Selbst die Uhr schien auf ihrer Seite zu sein und schrie ihm mit höhnischem Ticken: „Versager! Versager!" entgegen.

Auch heute hatte er nichts in Händen außer diesen wenigen kläglichen Seiten, die wieder nicht den Gipfel ihrer Sehnsucht nach klarem Ausdruck und Deutlichkeit zu erstürmen vermochten. Dürr und spröde, wie sich die

Sätze dort wanden und ineinander verknoteten, würde sie sie mit verächtlicher Miene vom Papier fegen.

Wie gut kannte er ihre Vorwürfe: Resistent gegen jede Kritik, unbelehrbar, stur, eigensinnig, unfähig, auch nur die einfachsten Grundregeln der Sprache zu beherrschen, ohne jegliches Sprachgefühl. Er hätte die Vorwürfe als Rosenkranz vor sich herbeten können und oft genug überfielen ihn die Versatzstücke ihrer Klage in der Nacht als Chimären, die ihm mit scharfen Krallen seine Unzulänglichkeit in den Leib bohrten.

Jetzt hörte er ihre Stimme hinter der Tür und erschauderte.

„Komm rein! Mach die Tür zu! Es zieht!"

Der Tag nahm seinen gewohnten Gang.

Sie saß auf ihrem Diwan, eingeschlagen in eine Decke, umringt von sieben Katzen. Den kleinen Finger der Hand, mit der sie die Tasse aus chinesischem Porzellan hielt, spreizte sie leicht weg. Sie hatte ihm einmal erklärt, woher diese Geste rührte, doch er hatte es vergessen.

„Setz dich! Aber pass auf, dass du dabei keine Katze vertreibst."

Er setzte sich auf den Hocker, den sie ihm zu ihren Füßen neben dem Sofa zugewiesen hatte, und ordnete Papiere, während sie ihren Tee trank und ihn mit verächtlichem Blick musterte.

Er fühlte, wie er sich von den Füßen her aufsteigend verkrampfte, so, als würde er langsam bis zum Unterleib einbetoniert. Sie hingegen lag völlig entspannt unter der Wolldecke. Angeekelt sah er auf ihre weit ausladende Körperfülle, die sich deutlich unter der Decke abzeichnete. Es schien ihm, als würde sie unter der gelben Zudecke wie ein treibender Hefeteig immer mehr in die Höhe quellen und zu den Seiten hin abtropfen.

„Hör auf, mich anzustarren! Du weißt doch, dass mich das nervös macht!"

Heute war sie ganz und gar nicht gut gelaunt. Sie unterließ es sogar, ihm wie üblich von ihrem kümmerlichen oder vollkommen ausgebliebenen Stuhlgang zu berichten, den sie durch Kräutertees mit mehr oder weniger Erfolg zu beeinflussen versuchte.

„Rück näher zu mir und zeig endlich her, was du da wieder zusammen geschmiert hast!"

Wie eine Waffe gezückt hielt sie den unvermeidlichen roten Kugelschreiber und harrte kampfbereit und lüstern darauf, sich sogleich auf die Blätter wie auf ein Schlachtfeld zu stürzen, sich in die Worte hinein zu wühlen und ein grausames Blutbad unter ihnen anzurichten. Das Ende des aus feuerroten Korallen gefertigten

Stiftes war durch die unzähligen Stunden, in denen sie auf ihm nervös herumgekaut hatte, windschief und zerzaust abgenagt. Hier pochte es also wieder, das rote Marterinstrument, wie ein Taktstock auf den vor ihr ausgebreiteten Blättern und bestimmte den Rhythmus, bis nicht nur der Text, sondern er selbst in Grund und Boden zu einem Nichts zusammen gestrichen war. Die Arbeit konnte beginnen.

Erst galt es, das Geschriebene zu skelettieren – wie sie das nannte.

Sie war unerbittlich und das Fallbeil ätzend scharfer Kritik an seinen Formulierungen sauste auf die Sätze nieder, zerhäckselte sie und baute sie aus dem hergestellten

Wortbrei völlig neu zusammen. Er ließ es sich gefallen, weil er wusste, dass sie gut war.

Sie machte aus seinem Text, der zuvor blutleer und ᐧ überbordend die Seiten füllte, etwas in dieser Art zuvor nicht Existierendes, etwas Einmaliges, Seltenes, eine Kostbarkeit, geformt aus einfachen Worten, doch in einer eigenwillig raffinierten Zusammensetzung. Der Weg bis dahin war jedoch die Hölle!

„Was ist denn das schon wieder für ein Unsinn? Wie oft soll ich dir das noch hinter die Ohren schmieren, bis du es begriffen hast? Subjekt, Prädikat, Objekt! Mehr braucht es doch wirklich nicht! Der Vogel frisst den Wurm! Das Kind kotzt auf den Teller! Es ist doch so einfach! Wozu also all diese blödsinnigen Wortverrenkungen? Was willst du damit erreichen? Den Text interessant machen? Damit erzeugst du beim Leser höchstens das große Gähnen! Jeder, der das liest, klappt nach spätestens zwei Seiten das

Buch zu und feuert es in die Ecke. Bietest du deine Worte deshalb auf so dürren und elend langen Stelzen an, weil sie aus eigener Kraft nicht zu stehen vermögen?"

Sie war jetzt ganz in ihrem Element. Während er unter ihren Worten wie eine Holzschraube Drehung für Drehung tiefer in den Parkettboden hinein getrieben wurde, blähte sich ihr Leib zu ungeheuerlicher Fülle auf. Bald füllte ihre Präsenz das ganze Zimmer bis in die letzte Ecke aus.

Er hatte in diesem Spiel demütig wie ein reuiger Sünder auf seinem Schemel neben dem Sofa auszuharren und ihr unentwegt und stetig, nicht zu sanft und doch mit leichtem Druck die Füße zu massieren. Wie er es hasste, über die Schwielen, von denen ihre bläulich angelaufenen, ständig verfrorenen Füße überzogen waren, zu streichen und die borkige Hornhaut so lange abzufahren, bis er die Punkte gefunden hatte, an denen sie wohlig die Augen verdrehte und zu schnurren anfing. Die weiche, teigige

Haut zwischen den Borken rutschte ihm durch die Finger, bis sie gegen die wulstig vorstehenden und sich schlängelnden Krampfadern stießen, die er in die Höhe hinauf zu massieren hatte.

Sie fuhr indessen fort, mit dem roten Stift erbarmungslos in seinen grazil konstruierten Bildern zu wüten und sie zu zerfetzen, um aus den Schnipseln etwas Neues wie eine Art Kollage zusammenzukleben. Zunächst erschien ihm das Ergebnis völlig farb- und ausdruckslos, doch nach einiger Zeit merkte er, dass das, was sie nun herausgearbeitet hatte, genau das war, was er eigentlich hatte ausdrücken wollen, bevor er es unter einem Wust mitschwingender Nebenbedeutungen erstickt hatte.

Deshalb war er hier. Und dennoch: Eines Tages, so schwor er sich, während er seinen Text unter ihrer Hand schwinden und neu heranwachsen sah, würde der Zeitpunkt seiner Rache kommen.

„Das muss weg! Und das auch! Raus mit dem Mist! Irgendwo in der Tiefe muss doch wenigstens noch so etwas wie Sinn versteckt sein! Nein, heute machst du es mir wirklich schwer! Das ist einfach nur grauenhaft gespreizt und gestelzt! So redet doch kein Mensch!"

Im Geist nahm er ihr jetzt den Stift aus der Hand, stieß ihn ihr in den Unterarm und zog ihn Furche um Furche durch das Fleisch, bis es in Fetzen an ihrem Arm herunter hing. Dabei quoll statt Blut ein bläulicher Saft aus den geplatzten und zerissenen Gefäßen: Die Tinte, die er sogleich auffing, um mit ihr künftige Seiten zu füllen.

Während er in Gedanken mit dem Stift nun weiter ihren nackten, schutzlosen Körper zerfetzte und zerschnitt, hatte sie ein Satzmonstrum, das sich über fünf Zeilen hinzog, in sieben oder acht Schnipsel zerlegt, die sie hintereinander aufreihte.

Er war so stolz auf diesen Satz gewesen, den er mit dem Gefühl, Großes geschaffen zu haben, in die schweigende Nacht entlassen hatte. Wie gerupfte Vögel, die plötzlich mitten im eiskalten Winter ihr Federkleid lassen mussten und sich auf ihren dünnen Ständern kaum noch zu halten vermochten, standen nun die einzelnen Satzteile kahl und nackt vor ihm.

„Du könntest mir einen Kaffee aufbrühen, wenn du sonst schon zu nichts fähig bist! Aber nicht so stark wie das letzte Mal! Dein Text ist für meinen Blutdruck schon mehr als genug."

Während er in die Kochnische, die in das Wohnzimmer integriert war, hinüber schlich und auf der Suche nach zwei passenden Tassen das säuberlich übereinander geschichtete Kaffegeschirr durcheinander brachte, hörte er sie weiter lamentieren:

„Was ist denn das schon wieder für ein ungeheuerlicher Blödsinn? Das kann doch nicht dein Ernst sein!"

Er hörte das Rascheln zu Boden geworfener Papiere. „Herrgott noch mal, welcher normale Mensch soll das denn verstehen?"

Die nächsten Stunden verbrachte er damit, ihr erneut gedankenverloren die Füße zu massieren, während sie ihm unerbittlich sein schriftstellerisches Versagen in mehr oder weniger langen Ausführungen vor Augen hielt. Seine Konzentrationsfähigkeit war unter dem Dauerbeschuss ihrer Angriffe längst auf null gesunken. Manchmal blieb er für einige Augenblicke mit ihr am Text, den sie korrigiert vorlas, dann wanderte seine Aufmerksamkeit wieder zu den Spinnweben an der Decke.

„Wie oft haben wir das jetzt schon durchgekaut! Genauigkeit, darauf kommt es an! Dafür ist uns die

Sprache gegeben – um die Dinge auf den Punkt zu bringen", sagte sie, während sie ganze Passagen in seinem Manuskript einfach strich.

„Aber du holzt mir ja alles weg!", schrie er in einem Anflug von Widerstand empört auf.

„Was sollte denn da auf einmal weg sein? Es müsste dafür ja erst einmal etwas vorhanden gewesen sein. Aber da war und ist einfach nur nichts außer gähnende Langeweile."

„Es muss fließen. Wenn ich länger an einer Stelle verharre und an ihr herumfeile, ist für mich der Fluss der Gedanken unterbrochen und versiegt auf der Stelle."

Sie schüttelte den Kopf und starrte dabei in die leere Tasse.

„Wenn ich dich richtig verstehe, mein Lieber, meinst du, dass dann, wenn du dir Gedanken darüber machst, was und wie du schreibst, nichts mehr da ist, was du noch zu Papier bringen könntest. In diesem Fall solltest du dir eben eine andere Arbeitsweise aneignen. Fließe solange dahin, wie du willst. Meinetwegen. Doch dann machst du eine Pause, in der du Kaffee trinkst, Sport treibst oder meinetwegen auch nur popelst. Was immer du willst. Danach setzt du dich brav wieder auf deine fünf

Buchstaben und überarbeitest alles nach den Richtlinien, die ich dir jetzt schon seit Wochen predige. Das kann doch nicht so schwer sein!"

„Ja, ich weiß", antwortete er betont leise. „Der Vogel frisst den Wurm. Subjekt, Prädikat, Objekt. Aber das machen wir zusammen um so vieles besser, als ich es jemals alleine könnte!"

Sichtlich geschmeichelt beugte sie sich vor.

„Du bist und bleibst eben mein dummes Äffchen!"

Er kniete vor ihr nieder und legte den Kopf auf die weiche

Masse ihrer Brüste. Sie strich ihm durch das verschwitzte

dünne Haar. Dabei drückte sie ihm fürsorglich einen Pickel

aus, der sich auf seiner Stirn gebildet hatte.

Draußen dämmerte es. Morgen würde er wieder hier an

dieser Stelle sitzen, mit tastenden Fingern nach

Verspannungen ihrer Muskeln fahnden, während sie sich

das, was er in der Nacht zuvor erschaffen hatte, gierig und

wollüstig einverleibte, um es zu zerstören.

Die Tür öffnete sich. Georg, der Hausdiener, ein hagerer

baumlanger Kerl mit grau melierten Haaren, der stets

gleich gekleidet war, erschien und nahm von ihr die

korrigierten Seiten entgegen.

„Die Zeit ist um. Es reicht für heute."

Mit diesen Worten zerknüllte er wie jeden Tag die Blätter,

trug sie zum Kamin und warf sie in die Flammen. Gierig

fraß sich das Feuer in das Papier ein ….

**********

# Konsumzwang

## Punkte

Er fiel wie eine Kastanie, die aus ihrer aufgeplatzten Hülle

herausrollte, auf den gefliesten, spiegelglatten und

blitzblank geputzten Boden. Benommen stand er auf und

schaute sich um. Er stand auf einem kleinen Platz inmitten

einer Einkaufspassage, die von einem riesigen Glasdach

überspannt war. Um sich herum sah er unzählige

Menschen, die offensichtlich in höchster Eile waren, denn

sie drängelten und schoben sich in dichten Gruppen an

ihm vorbei. Immer wieder versuchten sie, einander zu

überholen, wobei sie teilweise die Ellenbogen

gebrauchten, um sich Platz zu schaffen. Viele schauten

panikartig in die Einkaufsläden hinein, die von dem kleinen

Platz ausgehend sternförmig angelegt waren.

Nur selten sah ihn jemand direkt an. Die meisten nahmen ihn oft erst im letzten Augenblick als Hindernis wahr und konnten gerade noch ausweichen, bevor sie gegen ihn gerempelt wären. Niemand blieb stehen. Niemand nahm sich die Zeit, ihn anzusprechen. Auch untereinander schien es keine Konversation oder sonst irgendeinen Austausch zu geben. Alle hetzten in höchster Eile an ihm vorbei, als hätten sie einen wichtigen Termin einzuhalten, der auf keinen Fall verpasst werden durfte. Über all dem war ein feiner akustischer Teppich aus leiser Musik gelegt, der so subtil war, dass er ihn zunächst gar nicht bemerkt hatte.

In den Augen der vorbeieilenden Menschen sah er Unruhe, Angst und Leere, wie bei Tieren, die über Stunden gehetzt worden waren und nun einzusehen begannen, dass sie ihren Häschern nicht mehr entkommen konnten. Trotz der Musik, die beschwingt dahinplätscherte, sah er kein einziges fröhliches Gesicht. Sogar die wenigen Kinder, die kurz zu ihm aufblickten, benahmen sich nicht wie

Kinder, sondern eilten ebenso wie die Erwachsenen, mit

Tüten beladen, auf die Einkaufsläden zu, in denen sie

verschwanden.

Etwas juckte an seinem Handgelenk. Er hob den Arm und

sah verwundert auf eine Plakette, die mit einem schmalen

Plastikband um seinen Arm gebunden war. Er drückte auf

den einzigen Knopf, der sich an der Plakette befand, um zu

sehen, ob die mattschwarze, elliptisch geformte Scheibe

daraufhin irgendetwas anzeigen würde. Die Zahl 100

erschien auf dem Display. Sonst nichts. Er konnte an der

Anzeige nichts verändern, so oft er auch auf den Knopf

drücken mochte. Was sollte die Zahl bedeuten? Er schaute

sich um und sah, dass offenbar alle Menschen um ihn

herum ebenfalls eine solche Plakette am Handgelenk

trugen. Hin und wieder hob einer von ihnen, ohne stehen

zu bleiben, den Arm und drückte auf den Knopf, woraufhin

eine Zahl auf dem Display erschien. Einmal sah er die Zahl 63 aufleuchten, ein anderes Mal die Zahl 7.

Wo war er und was war hier los? Vielleicht gab es hier irgendwo eine Informationsstelle, die ihm weiterhelfen konnte? Dies alles hier musste doch irgendeinen Sinn ergeben!

Er schaute sich um. Der Platz war funktionell , aber durchaus geschmackvoll angelegt. Ein Brunnen plätscherte. Ein kleiner Baumbestand könnte Schatten und Ruhe spenden. Die strahlenförmig ausgerichteten und mit weißen Marmorsteinen abgesetzten Wege, die sich vom Zentrum des Platzes aus zu seinem Rand hin verbreiterten, zielten direkt auf die Eingänge der dort angesiedelten Geschäfte hin.

Er wunderte sich, das es hier keinerlei Werbung gab, wie er es sonst von Fußgängerzonen anderer Städte gewohnt war. Die Fassaden waren einheitlich in einem pastellfarbenen Blau getüncht. Nirgendwo blätterte Putz ab. Nirgendwo gab es auch nur kleinste Anzeichen von Abnützung. Die Geschäfte waren schmucklos gehalten. Keine Schriftzüge oder sonstige Zeichen zierten ihre Eingänge. Nur einer der Eingänge fiel aus dem Rahmen. Über ihm prangte ein einzelner Buchstabe in mattem Schwarz, ein „I", das einsam und ohne sonstige Erklärung gut einen Meter hoch, leicht gekippt, an Metallstreben befestigt war. Dieser Buchstabe konnte für vieles stehen, aber er hoffte, hinter der Tür eine Informationsstelle zu finden, die ihm Auskunft auf all seine Fragen geben würde.

Es war nicht einfach, sich einen Weg durch die drängelnden Menschen zu bahnen, von denen die meisten unter der Last unzähliger Plastiktüten schier zusammen zu brechen drohten. Wozu kauften sie nur all dieses Zeug zusammen? Die Tüten waren oft so prall gefüllt, dass manchmal einzelne Teile herausflogen, nach denen sich dann sofort mehrere Menschen bückten, sich darum stritten, daran zerrten und sie dabei oft beschädigten. Die unbrauchbar gewordenen Teile (er konnte nicht erkennen, um was es sich im Einzelnen eigentlich handelte) waren für die, die sich gerade noch darum gestritten hatten, augenblicklich uninteressant geworden.

Wie auf ein unsichtbares Zeichen hin, rollte dann sogleich ein gelbes Wägelchen ohne Fahrer heran. Eine Luke öffnete sich, der beschädigte Gegenstand wurde eingesaugt und das Wägelchen verschwand wieder in der Menge.

Er brauchte dringend eine Erklärung für all diese seltsamen Vorgänge. Ohne sich länger mit weiteren Beobachtungen aufzuhalten, versuchte er, möglichst schnurgerade auf den mit dem „I" gekennzeichneten Eingang zuzusteuern. Das war gar nicht so einfach, denn oft wurde er von den sich abhetzenden Menschen abgedrängt. Als er sein Ziel

endlich erreichte, sah er, dass unter dem Buchstaben an

der Hausmauer mehrere Spiegel angebracht waren. Sie

zeigten ihm die Szenerie in der Einkaufspassage, die hinter

seinem Rücken weitertobte. Zugleich aber sah er darin

auch ein ausgezehrtes, müde und traurig blickendes

Gesicht, bei dem er Mühe hatte, es als das eigene zu

akzeptieren.

An den Spiegeln befand sich keinerlei Hinweis. Nur die

verschmierte Oberfläche wies darauf hin, dass hier schon

andere ebenfalls nach Rat gesucht haben mussten, denn

zahlreiche Fingerabdrücke, manchmal der Abdruck einer

ganzen Hand, verschmierten die Spiegelflächen.

Er war ratlos. Plötzlich sah er, wie sich eine Frau mit

übervollen Einkaufstüten aus der Menge herauslöste und

auf einen der Spiegel zuschritt. Dort presste sie zunächst

die Spitze eines Zeigefingers auf den Spiegel und hielt

dann die Plastikscheibe an ihrem Handgelenk hoch. Auf der Spiegelfläche schien sich daraufhin etwas zu verändern. Was es genau war, konnte er von seinem Platz aus jedoch nicht erkennen. Bevor er näher treten konnte, war die Frau schon wieder in der Menge verschwunden. Vielleicht lag hier des Rätsels Lösung verborgen?

Er presste nun ebenfalls Zeigefinger und Plastikplakette gegen einen Spiegel. Sogleich schien er sich vor seinen Augen zu verflüssigen. Es tauchten Nebelschwaden auf, die in der Tiefe des Spiegels zu wabern begannen. Aus dem Nebel schälten sich Buchstaben heraus, die in schneller Folge vor seine Augen hintraten und wieder im Nebel versanken, so dass er Mühe hatte, den Sinn der einzelnen Worte zu verstehen:

„Der Zähler an deinem Handgelenk zeigt dein Tagespensum an. Du hast noch nichts eingekauft, obwohl der Tag bereits weit fortgeschritten ist. Deine Punktzahl ist

100! Du hast die Aufgabe, diese Punkte durch den Erwerb von Waren nach und nach zu eliminieren. Jeder Gegenstand bringt dir einen Punkt Abzug. Aber jeder Gegenstand muss anders geartet sein. Und jedes Geschäft, zu dem du freien Zutritt hast, bietet nur eine Art von Ware an, manchmal gleich greifbar, manchmal versteckt in oberen Etagen oder Regalen. Manches ist sehr klein und leicht, anderes dagegen sehr schwer und sperrig. Es liegt in deiner Zeiteinteilung und deiner Strategie, ob du es schaffst, 100 Gegenstände zusammen zu tragen und rechtzeitig zur Abgabestelle zu bringen. Am nächsten Tag fängt alles wieder von vorne an. Die Plakette ist nicht entfernbar. Die Waren werden stets nachts ausgetauscht oder durch andere ersetzt. Denke daran, dass du bestraft wirst, wenn es dir nicht gelingen sollte, dein Konto bis zum Abend zu löschen. Die Härte der Strafe richtet sich danach, wie hoch dein Restpunktestand sein wird. Denke auch daran, dass viele Waren sehr begehrt sind, vor allen dann, wenn sie klein, leicht und dadurch gut zu transportieren sind. Einmal am Tag werden Taschen ausgeteilt. Lass dir genügend davon aushändigen, um die Gegenstände, die du findest, auch tragen zu können. Beachte jedoch, dass jede Tasche mit einem Extrapunkt belegt ist, der dir zusätzlich aufgerechnet wird und deinen Punktestand erhöht. Du führst jetzt keine Taschen mit dir und kannst also nur so viel tragen, wie deine Hosentaschen und Hände aufnehmen können. Du wirst dein Pensum heute nicht schaffen und musst mit Strafe rechnen."

„Ich will keine Punkte abarbeiten und auch keine Waren erwerben. Ich gehöre nicht hierher. Ich bin rein zufällig an diesen Ort geraten. Das Einzige, was ich will, ist, von hier wieder weg zu kommen. Das ist die einzige Aufgabe, die ich mir gestellt habe und dazu brauche ich Hilfe. Wo kann ich diese Hilfe finden?"

Neue Buchstabenfolgen reihten sich vor ihm auf und

schoben sich zu Wörtern zusammen:

„Jeder, der hierher kommt, sagt, dass er nur zufällig hier

sei. Ein Irrtum, ein Versehen, eine Verwechslung, heißt es

da. Glaub mir, jeder ist hier, um etwas abzuarbeiten, auch

du. Du wirst dich daran gewöhnen. Die erste Nacht wird

schrecklich sein. Das gehört dazu. Danach wirst du

verstanden haben. Sei ganz beruhigt. Du bist hier in besten

Händen. Geh jetzt! Wir wünschen einen guten Tag und

gutes Gelingen."

Die Schrift verblasste. Er sah, wie sein Gesicht wieder

zunehmend im Spiegel an Umriss gewann. Verzweifelt fuhr

er mit der Plakette über die glatte Oberfläche, rieb mit

beiden Händen über sie, drückte mit den Fingern, presste

das Gesicht dagegen und versuchte dabei, mit den Augen

in den Spiegel einzudringen. Vergebens. Der Spiegel warf

nur sein Bild und den Platz hinter ihm zurück und gab damit zu erkennen, dass die Audienz beendet war.

Resigniert und unschlüssig, wie es nun weitergehen sollte, wandte er sich von den Spiegeln ab und wurde sofort von den hetzenden Menschen mitgerissen. Viele waren völlig verschwitzt und außer Atem, während sie sich kreuz und quer aneinander vorbeidrängelten und dabei ihre Taschen hoch über die Köpfe hoben, um deren Inhalt vor den anderen Suchenden zu sichern.

Er blickte durch die Tür eines Uhrengeschäftes. Sämtliche Auslagen mit Armbanduhren waren bereits vollständig geleert. Einzelne Punktejäger stritten sich noch um Wecker, die sie, sofern es ihnen gelang, sie sich gegenseitig zu entreißen, dann in eine ihrer Taschen stopften. Ansonsten gab es nur noch riesige Wanduhren, an denen manche ratlos rüttelten, ehe sie sich von ihnen enttäuscht abwandten. Eine Rolltreppe beförderte

Menschenmassen in die oberen Etagen. Ob es dort ähnlich

ausgeräumt aussah?

Diejenigen, die die Treppen wieder herunter liefen, ließen

nicht erkennen, ob sie fündig geworden waren. Doch er

sah, wie eine Frau auf der Treppe eine Armbanduhr

verstohlen in eine ihrer Taschen verschwinden ließ. Also

musste es oben doch noch transportierbare Ware geben.

Er zögerte. Sollte er sich ebenfalls ins Gewühl stürzen, um

die Zahl auf seinem Display um einige Punkte zu

reduzieren? Oder wäre es nicht sinnvoller, alles zu

versuchen, um aus dieser Situation so schnell wie möglich

herauszukommen?

Etwas vibrierte an seinem Handgelenk, an dem er die

Plastikscheibe trug. Das Display leuchtete auf. Ein hoher

Pfeifton drang aus dem Gehäuse. Sofort blieben die Leute,

die sich gerade noch an ihm vorbeidrängen wollten,

stehen und starrten ihn erschrocken an. Verwundert

wollte er sie gerade fragen, was das Pfeifen zu bedeuten hatte, als er einen unerträglichen Schmerz spürte, der über den ganzen Körper ausstrahlte. Es war, als ob aus der Plastikscheibe Säure in eine Vene am Handgelenk eingespritzt worden wäre, das sich in Bruchteilen von Sekunden durch seinen Körper hindurch pflügte und ihn innerlich zu zerreißen drohte.

Er fiel zu Boden und krümmte sich vor Schmerzen, während er für die Menschen um ihn herum wie unsichtbar wurde. Sie stapften über ihn hinweg, ohne weiter auf ihn zu achten. Manche traten ihm dabei auf einen Arm oder ein Bein. Ein Mann strauchelte über ihn, als er über ihn zu klettern versuchte, verlor das Gleichgewicht und fiel mitsamt Taschen zu Boden. Eiligst stand er wieder auf und hastete, ohne sich nochmals umzusehen, weiter.

Der Schmerz war vorbei. Die Anzeige auf seiner Plastikscheibe zeigte ruhig und stetig die Zahl 100. Doch dann verschwand die Zahl und machte einem Schriftband Platz, das so schnell, dass es ihm gerade noch gelang, den Sinn der Wörter zu erfassen, über das Anzeigenfeld hinweg huschte.

„Das soeben Erlebte wird dir wieder und wieder und in steigendem Maße widerfahren, wenn du dich nicht augenblicklich aufmachst, um deine Aufgabe zu erfüllen, und zwar Stunde um Stunde und Tag für Tag!"

Die Schrift erlosch und die Zahl 100 erschien wieder auf dem Display. Er stand auf und klopfte sich den Staub von den Kleidern. Er hatte verstanden. Es würde ihm nicht gelingen, dieser Sache so leicht zu entkommen. Resigniert machte er sich auf den Weg.

**Die Jagd**

Es war nicht schwer, sich zurechtzufinden. Er kannte sich bald aus. Es schien hier nur Einkaufspassagen zu geben, denn wohin es ihn auf seiner Suche nach Artikeln auch trieb, er fand nichts als immer wieder neue Geschäfte, die sich schier endlos aneinander reihten.

Es war immer dasselbe Bild. Jedes Geschäft bot nur jeweils eine Art von Ware an. Batteriegeschäfte führten nichts anderes als Batterien. Tabakpfeifenläden ausschließlich Tabakpfeifen. Aus jedem Geschäft versuchte ein jeder, möglichst kleine und leichte Artikel aus dem Angebot herauszufischen, um es besser tragen zu können. So gab es in den untersten Stockwerken zumeist nur noch Klobiges und Schweres. Alle Kleinteile waren ausgeräumt. Wenn er Glück hatte, fand er in den obersten Stockwerken der Kaufhäuser, zu denen keine Rolltreppe mehr hinführte, noch halbwegs tragbare Dinge.

Inzwischen hatte er einen Stand erreicht, an dem er doch noch Taschen erwerben konnte. Zunächst nahm er nur eine. Als er jedoch sah, dass jeder mit mindestens sechs bis acht Taschen herumlief, entschloss er sich, vorsichtshalber drei weitere mitzunehmen. Seine zuvor auf 90 reduzierte Punktezahl stieg dadurch wieder auf 94 an. Es ärgerte ihn, sich gleich zu Beginn einen Kohlkopf und eine Babywaage unter den Arm geklemmt zu haben, denn beide Artikel wogen schwer. Bleistift, Zigarettenschachtel, Kaffeelöffel, Würfelzucker und einige andere Kleinartikel, die er mühsam aus obersten Regalen in obersten Stockwerken verschiedenster Kaufhallen heraus geangelt hatte, belasteten dagegen kaum. Er entschloss sich, nur noch nach solchen Artikeln Ausschau zu halten.

Zweifelnd stand er vor manchen wuchtigen Gegenständen und fragte sich, ob er sich ihrer erbarmen sollte oder ob er damit seine Chance auf weitere Waren zunichtemachen würde. Die Entscheidung fiel bei Artikeln wie Rasenmäher, Waschmaschinen oder Fernsehgeräten leicht, da er sie ohnehin kaum tragen konnte. Aber Dinge mittlerer Größe, wie Fußbälle, Telefonbücher oder Ventilatoren ließen ihn entschlusslos auf und ab gehen.

Hätte er die Zeit gehabt, stehen zu bleiben, es hätte ihn fasziniert, sich ein Kaufhaus anzusehen, in dem nichts anderes als Blumenkohlköpfe angeboten wurden. Die Zeit dazu hatte er jedoch nicht. Unschlüssig stand er vor Dutzenden von Laufmetern aus aneinander gereihtem Blumenkohl. Einer der Köpfe war auseinander gebrochen. Er nahm ein Blatt davon und schaute erwartungsvoll auf seinen Punktestand. Nichts regte sich. Die Zahl blieb unverändert. Auch eine einzelne Rose oder der Strunk der Pflanze führte zu keiner Veränderung. Es musste wohl stets ein ganzer und unbeschädigter Gegenstand sein, um einen Punkt Abzug zu erreichen. Er suchte lange in den

Blumenkohlreihen, schichtete um und arbeitete sich in die Tiefen vor. Schließlich gelang es ihm, einen winzigen Blumenkohlschrumpfkopf hervorzuziehen, der ihm, wie er mit dem Gefühl von Triumph sah, tatsächlich einen Punkteabzug eintrug.

In einem anderen Kaufhaus wurden Tomaten feilgeboten. Hier waren gleich sieben Stockwerke vollständig ausgeräumt. In der Hoffnung, ein leicht transportables Gut zu erhaschen, eilte er bis unter das Dach des Hauses, um endlich noch etwas von dem begehrten Gemüse zu finden, das dort nur noch in einer letzten kleinen Kiste vorrätig war.

Er war nicht allein. Andere überholten ihn, schubsten, drängen und stürzten sich mit ihm auf die Kiste. Er konnte sehen, wie sie sich zunehmend leerte. Als er sie endlich erreichte, funkelten ihm gerade noch fünf Exemplare entgegen. Beherzt griff er, zusammen mit einem halben

Dutzend weiterer Hände, zu. Es gelang ihm eine Tomate herauszuangeln. Als jedoch jemand versuchte, ihm die Tomate aus der Hand zu reißen, stopfte er sie sich in den Mund und biss zu. Der Saft quoll ihm aus den Mundwinkeln und tropfte über das Kinn. Da die Tomate jetzt kaum mehr in einer Tasche zu transportieren war, zerkaute er sie und schluckte sie herunter.

Ein Blick auf das Display an seinem Arm belehrte ihn, das ihm diese Aktion keinen Punkteabzug eingebracht hatte. Doch sogleich, als genügte es nicht, dass seine Bemühung vergeblich gewesen war, streckte ihn ein Stromschlag zu Boden. Es traf ihn erneut von der Plastikscheibe aus, durchfuhr seinen ganzen Körper und lähmte ihn. Er konnte, während der Schmerz wie flüssiges Feuer durch ihn hindurch pulste, keinen einzigen Muskel mehr bewegen. Er sah jedoch, ohne etwas dagegen tun zu können, dass seine Arme und Beine spastisch zuckten und wie er sich dabei auf dem Boden, ähnlich einer Schlange, um die eigene Achse wand. Er spürte, wie sein Kopf in den Nacken flog, wie seine Zunge aus dem Mund heraus schnellte, während seine Kiefer wie eine elektrisch betriebene Heckenschere auf- und zuklappten und er sich unablässig auf die Zunge biss.

Leute eilten an ihm vorbei, sahen kurz zu ihm hinunter, gingen um ihn herum oder sprangen über ihn hinweg, wobei sie darauf achteten, von seinen noch zuckenden Beinen nicht getroffen zu werden. Niemand hielt inne, um ihm zu helfen.

Während des epilepsieähnlichen Anfalls war er kaum in der Lage gewesen zu atmen. Die panische Angst zu ersticken ebbte nun mit Nachlassen des Krampfes allmählich ab. Er atmete erst einmal tief durch und setzte sich dann auf. Sogleich trat ihm jemand auf die Füße, ein anderer stieß gegen seinen Rücken. Es blieb ihm also nichts anderes übrig, als aufzustehen und sich wieder in den Menschenstrom einzureihen. Aber wo waren seine Einkaufstaschen mit den bereits gesammelten Waren? Als er sich umschaute, sah er eine Frau, die sich zu seinen Taschen auf dem Boden herunterbeugte und sie inspizierte. Sie waren offensichtlich leer, denn die Frau wirkte enttäuscht. Die Ware, die er bisher mühsam zusammengetragen hatte, war herausgefallen und wohl inzwischen von anderen mitgenommen worden.

Erschrocken sah er auf das Display auf seinem Handgelenk. Der Punktestand war wieder auf 95 hochgeschnellt. Die Frau kam auf ihn zu und reichte ihm die leeren Einkaufstaschen.

„Klappt prima, diese Maschine, die uns alle im Griff hat – findest du nicht auch? Sie lässt immer gerade noch so viel von uns übrig, dass wir nicht verrecken, aber sorgt dafür, dass wir nicht mehr aufmucken können. Raffiniert

ausgeklügelt!"

Unwillkürlich griff er nach ihrer Hand und versuchte, sich

an ihr hochzuziehen, während es aus ihm heraussprudelte:

„Wie kann ich denn nur diesem Wahnsinn entkommen?

Gibt es irgendeine Möglichkeit, von hier zu

verschwinden?"

Sie sah ihn erschrocken an. Als sie jedoch begriff, dass

auch er nur Angst hatte und ihr nichts antun wollte, sagte

sie:

„Ich habe gesehen, was passiert ist. Wie konntest du nur

so dumm sein und die Tomate selbst essen? Hat dir

niemand gesagt, dass es hier nichts Schlimmeres gibt, als

sich an den Waren zu vergreifen? Du musst gut auf die

erworbenen Sachen achten. Niemals darfst du etwas

wegwerfen und es darf auch nichts zerbrechen!"

Nebenander eilten sie die Treppen des völlig leer geräumten Tomatenkaufhauses hinab. Sie versuchte, ihm in der Menge zu entkommen, aber er blieb an ihrer Seite und bedrängte sie mit Fragen:

„Wie lange soll das alles hier noch dauern? Wer bestimmt hier, was geschieht? Wie komme ich hier wieder raus?"

Sie griff nach seinem Arm, an dem die Plastikscheibe befestigt war, pochte mit dem Zeigefingerknöchel auf die matte Oberfläche, als könnte es ihr gelingen, die dort abgebildete Zahl wie ein Fieberthermometer herunterzuschütteln, und unterbrach ihn abrupt:

„95 Punkte! Wie willst du nur die kommende Nacht überstehen? Keine Chance, diesen Punktestand in der kurzen Zeit, die uns noch bleibt, auch nur zu halbieren!"

Sie wich jetzt nicht mehr von seiner Seite. Irgendwie schien sie Mitleid mit ihm zu haben. Trotz ihrer zahlreichen, teilweise übervollen Taschen wand sie sich flink und geschickt durch die Menschenmenge, zog ihn hinter sich her und führte ihn in verwinkelte Gassen, in denen es noch Geschäfte gab, die Waren wie Radiergummis, Kerzen, Zahnstocher und andere Kleinstgegenstände führten. Sie kannte sich gut aus.

Obwohl sich vor jedem Geschäft lange Schlangen gebildet hatten, schafften sie es, in kurzer Zeit in den Besitz etlicher Gegenstände zu gelangen. In weiteren versteckt gelegenen kleinen Kaufhäusern erhaschten sie noch je ein Paar Socken, eine Büroklammer, ein hart gekochtes Ei und einen Kaffeelöffel. Als er vor einer Auslage stand, die mit nichts als einzelnen Zigaretten bestückt war, griff er sich zwei heraus. Wie gerne würde er sich eine davon anzünden. Sie sah es ihm an und sagte warnend:

„Du scheinst es noch immer nicht verstanden zu haben. All diese Dinge sind nicht zum Gebrauch da, sondern einzig zu dem Zweck, dich am Laufen zu halten. Kapierst du das endlich?"

Sie nahm sich nicht die Zeit, auf seine Antwort zu warten, sondern hastete weiter. Er beeilte sich, ihr zu folgen, um sie nicht aus den Augen zu verlieren. Ohne sie fühlte er sich vollkommen verloren. Als er sie eingeholt hatte und sie sich wieder gemeinsam durch die Menge drängten, rief er ihr zu:

„Keine Zeit zum Genießen! Keine Zeit zum Verweilen! Abhetzen, nichts als Punkte im Kopf! Was soll das alles?"

Sie eilte weiter, ohne ihm zu antworten. Erst, als sie sich in einer Schlange vor einem weiteren Geschäft anstellen mussten, flüsterte sie ihm zu:

„Halt endlich die Klappe! Antworten wirst du hier sowieso nicht erhalten und deine Fragen machen dich nur trübsinnig. Achte lieber darauf, deinen Punktestand herunterzudrücken, so gut es eben heute noch gehen mag.

Morgen ist ein neuer Tag mit neuen 100 Punkten. So wird

dir die Zeit schnell vergehen, vor allem nach der Nacht, die

dir jetzt bevorsteht."

Sie angelten sich noch jeweils eine Kachel aus dem

Baumarkt, der ansonsten bis auf nicht transportierbares

Gut leer geräumt war, dann schlossen die Läden. Jetzt

ließen sie sich von den plötzlich nur noch in eine Richtung

strömenden Menschenmassen mittreiben, ohne dass er

auch nur einen Hauch von Ahnung hatte, wohin es gehen

mochte. Kein einziges Schaufenster war mehr erleuchtet.

Alles lag in völliger Dunkelheit. Doch jeder, außer ihm,

schien zu wissen, wohin es zu gehen hatte. Alle schleppten

sich müde mit ihren schweren, übervollen Taschen dahin.

Niemand redete ein Wort. Die Anzeige auf seiner

Plastikscheibe bereitete ihm zunehmend Sorge, denn sie

wies noch immer die hohe Zahl 47 auf, während die

Leuchtanzeigen anderer, die neben ihm gingen, entweder einstellige Zahlen zeigten oder wie triumphierend eine große leuchtende Null in die Nacht hinein blinkten.

Er musste unwillkürlich lachen, als er sah, welche monströsen Dinge manche trugen. Einer schleppte, mit schwankenden Schritten, eine riesig in die Höhe gewachsene Yuccapalme samt Blumenkübel. Ein anderer schob einen schweren Ölofen über das Pflaster, den er jeweils nur einen Schritt vorsetzen konnte, um ihn dann wieder abzusetzen, kurz Atem zu holen, und ihn dann erneut mit aller Kraft einen weiteren Meter voran zu wuchten. Autoreifen wurden durch die Straße gerollt, Stühle und Tische geschleppt. Obwohl es ihnen vor Anstrengung fast die Augen aus den Höhlen trieb, ließ keiner einen einzigen Gegenstand zurück.

Was mochte ihn in der Nacht erwarten, wenn alle wegen eines einzigen Punktes derartige Strapazen auf sich nahmen? Auch er war müde und das unbestimmte Schicksal, das seiner harrte, lastete schwer auf ihm.

Nach unendlich langer Zeit, so schien es ihm, erreichten sie einen hohen, dunklen Betonklotz, dessen Foyer von einer einzigen, nackten Glühbirne beleuchtet wurde. Die Birne baumelte weit über ihren Köpfen. Sie wirkte wie stranguliert und er dachte, dass auch er bald an dieser Stelle hängen könnte, wenn sich nicht bald etwas an seiner Situation hier ändern würde. Wieso nur war er so lethargisch? Wieso versuchte er nicht einmal mehr, einen Weg zu finden, um aus dieser Hölle wieder herauszukommen? Die Frau war dicht neben ihm.

„Hast du Angst? Ich kann dich beruhigen. Jeder hat die erste Nacht überlebt, auch wenn er noch so viele Punkte übrig hatte. Übel zugerichtet zwar, aber was spielt das hier schon für eine Rolle? Morgen wirst du genauso emsig, wie alle hier, auf die Suche gehen, um eine solche Nacht, wie sie nun auf dich wartet, nicht noch einmal zu erleben. Morgen kennst du mich vielleicht schon nicht mehr.

Morgen wirst du nur noch eine große Gleichgültigkeit empfinden und es wird dir keine Zeit mehr bleiben, dich nach anderen Frauen wie mir auch nur umzusehen."

Sie stiegen die Treppen Stockwerk für Stockwerk nach oben. Die meisten Menschen, die mit ihnen zusammen hochstiegen, verschwanden nach und nach in den einzelnen Hallen, die sich in jedem Stockwerk rechts und links des Treppenhauses anschlossen. Es war nun fast völlig dunkel. Er hörte nur das Schurren von Schuhen und das Schleifen von Taschen und schweren Gegenständen, die über die Stufen in die Höhe geschleppt wurden.

Endlich hatten sie das oberste Stockwerk erreicht. Nur noch wenige bogen mit ihnen in die Halle links des Treppenhauses ein. Sie schoben sich müde einen breiten Gang entlang. Zu beiden Seiten waren Stockbetten aufgebaut. Es mochten pro Stockbett vier oder fünf Liegen übereinander sein, genau konnte er das in der Dunkelheit nicht erkennen. Er sprach leise, während seine Augen versuchten, das Dunkel zu durchdringen:

„Alles, was ich hier sehe, alles, was du mir sagst, macht mir Angst. Ich habe mich lange nicht mehr gefürchtet, aber jetzt spüre ich, wie die Angst von allen Seiten auf mich zukriecht."

Sie antwortete ihm nicht. In der Mitte der Halle zog sie ihn auf den Boden in die Hocke und packte ihre Waren aus. Seine Augen gewöhnten sich langsam an die Dunkelheit. Jetzt sah er, dass um ihn herum auch andere damit beschäftigt waren, ihre Taschen auszuleeren. Sie legten ihre Schätze zu einem Berg aufgeschichtet auf eine Metallplatte, die in den Boden der Halle eingearbeitet war. Die Platte war dunkel und glatt. Ihre Funktion war für ihn zunächst nicht erkennbar. Es ging lediglich ein dumpfes unterschwelliges Brummen von ihr aus. Doch plötzlich zitterten die obersten auf der Metallplatte abgelegten Gegenstände, dann verschwand der ganze Berg mühevoll gesammelter Waren spurlos.

„Was für ein Irrsinn! Soll das nun Tag für Tag so weitergehen? Wie lange denn? Monate? Jahre?"

„Du wirst dich daran gewöhnen. Nach dieser Nacht wirst du keine Fragen mehr stellen. Schlafe jetzt lieber, denn dir wird nicht viel Schlaf bleiben."

Sie tippte, wie zur Bestätigung ihrer Worte, auf seine Plastikplakette, drehte sich um und legte sich in eines der Betten am Rande der Halle. Er folgte ihr. Ganz in ihrer Nähe war noch die oberste Liege eines Stockbettes frei. Er hörte in der Dunkelheit auf das ruhige Atmen der vielen Menschen, die sich hier in dem Saal befanden. Warum war er ihr nur bis hierher gefolgt? Sollte er sich nicht besser aufmachen und einen Ausweg suchen? Doch er war zu

müde. Morgen war auch noch ein Tag. Er kletterte die

Leiter am Stockbett hinauf zu der obersten Liege und

versuchte zu schlafen.

Plötzlich hörte er ein leises Wimmern. Er richtete sich auf

und sah auf die Liege, die sich direkt unter ihm befand.

Dort saß ein Mann auf der Bettkante und stierte die

Leuchtanzeige auf seinem Handgelenk an, von der ihm die

Zahl 35 entgegenblinkte.

„Wir sind Leidensgenossen. Meine Zahl ist noch wesentlich

höher. Da müssen wir wohl diese Nacht gemeinsam

durch."

Es hatte spaßig klingen sollen, doch der Mann blickte nicht

zu ihm auf. Lediglich sein Weinen, das er zu unterdrücken

versuchte, indem er eine Hand vor den Mund hielt,

verstärkte sich. Dann hörte er einzelne, von Schluchzen

unterbrochene Worte, die nur mit Mühe zu verstehen waren:

„Alle sind wir Leidensgenossen in diesem Spiel, das wir von Anfang an verloren haben. Wir sind nichts als Spielsteine, ohne die Spielregeln zu kennen. Wie soll ich diese Nacht nur wieder durchstehen?"

„Es wird vorbeigehen."

„Es geht niemals vorbei! Dazwischen gibt es nur Pausen. Danach geht es weiter, immer weiter und weiter."

„Versuchen wir, uns mit Schlaf durchzumogeln."

„Du hast ja keine Ahnung, was dich erwartet!"

Der Mann legte sich ins Bett zurück. Auch er legte sich hin und schloss die Augen. Zum Schlafen kam er jedoch nicht mehr.

## Die Bestrafung

Etwas packte ihn am Kopf, schraubte sich von beiden Seiten immer fester an die Ohren, zerquetschte sie und drückte die Schädelplatten zusammen. Verzweifelt versuchte er, nach seinem Kopf zu greifen, aber er fasste ins Leere. Es war stockdunkel. Er fühlte zwar den Schmerz, aber sein Körper war verschwunden. Es gab nur noch Schmerzpunkte, die einer nach dem anderen berührt wurden. Er fühlte, wie sich der Schmerz langsam von seinem Schädel aus weiterfraß, wie er Augen, Nase, Zunge und Gaumen besetzte. Es war, als würde jedes dieser Körperteile langsam und zielstrebig auseinandergerissen, herausgehebelt oder abgedreht.

Schließlich wurde sein Herz von der Schmerzfront umschlossen und zusammengepresst, so dass ihm das Blut stockte. Er meinte, ohnmächtig zu werden, aber etwas sorgte dafür, dass er aufmerksam und geistesgegenwärtig genug blieb, um jeden einzelnen Schmerz in seiner ganzen Wirkung auszukosten.

Sein Herz versuchte gegen den Druck anzukämpfen, aber es schaffte es nicht. Es wurde zu einem Fleischklumpen zusammengedrückt. Die Herzkammern fielen in sich zusammen und das Blut wurde bis auf den letzten Tropfen aus dem zuckenden Muskel, den nun zwei Stahlscheiben Faser um Faser zu Brei zerrieben, herausgepresst. Stück für Stück wurde nun sein Körper abgebaut. Nur als stiller Beobachter des eigenen Untergangs konnte er dem Schmerz folgen, denn jede Möglichkeit, seine Qual in die Nacht hinauszuschreien, um sich auf diesem Weg Linderung zu verschaffen, war ihm genommen. Der Druck nahm zu, als genügte das Erlebte noch nicht, sondern müsste gesteigert , noch überboten werden. Etwas zwang ihn unerbittlich, nicht in seiner Konzentration nachzulassen, sondern mit ganzer Aufmerksamkeit jeden einzelnen Körperteil zu beobachten, um dessen Liquidierung beizuwohnen.

Wiederholt versuchte er zu schreien, obwohl er wusste, dass es nichts gab, um einen Schrei formen zu können. Es war ihm nicht einmal möglich, wie ein an Land geworfener Karpfen nach Luft zu schnappen. Er verbrannte bei lebendigem Leib, wurde gesotten und in flüssiges Blei getaucht, zerschnitten und zermalmt. Einzelne Muskelstränge wurden ihm abgetrennt, während andere wieder anwuchsen und dazu vorbereitet wurden, neue Schmerzen zu ertragen.

Er wollte fort von diesem Schmerz, doch es gab keine Beine mehr, auf deren Füße er sich hätte stellen können. Er war nur noch dazu da, Qualen zu empfinden. Wenn der Schmerz an den zerstörten Stellen erlosch, suchte er andere Körperregionen auf, bis sich das Gewebe an den verlassenen Orten wieder nachgebildet hatte. So kreiste der Schmerz immerfort durch ihn hindurch, zermalmte wieder seinen Schädel, riss ihm erneut die Zunge heraus, schälte die Leber aus  dem Leib, puhlte jeden einzelnen Nervenstrang aus seiner umhüllenden Scheide und zog so lange an den einzelnen Fasern, bis jeder Reflex und jedes Empfinden aussetzte. Vollkommen wach musste er verfolgen, wie ihm Fingerglied um Fingerglied abgedreht wurde, wie ihm einzelne Fingerknochen zerquetscht, wie die fingerlosen Hände dann aufgeschlitzt wurden, um Sehnen und Blutgefäße aus ihnen herauszuzerren, bis sie schließlich abrissen.

Er wusste nicht mehr, wie oft sich der Schmerz von Kopf bis Fuß durch ihn hindurch gefressen hatte, ohne auch nur einen einzigen Punkt auszulassen, bis dieser sich plötzlich zurückzog, in sich zusammenfiel und einfach verschwand. Er fand sich wieder in einem realen Körper, der unverletzt erschien. Als er einen Arm hob, sah er die Plastikscheibe, die in der Nacht matt aufleuchtete. Die Zahl auf dem Display war um einen Punkt zurückgesprungen.

Schlagartig wurde ihm die Bedeutung dieser Veränderung bewusst, denn erneut schlossen sich Stahlplatten um seinen Kopf, drückten ihn zusammen, wurden die Augen aus den Höhlen herausgedreht, die Zunge ausgerissen und die Zähne herausgebrochen. Keine einzige Sekunde erschöpften Wegdämmerns wurde ihm zugestanden. Stets wurde darauf geachtet, dass er jede einzelne Qual in aller Ausführlichkeit aufnehmen und spüren konnte. Immer aufs Neue wiederholte sich die stumme Zeremonie der Zerstörung. Punkt für Punkt wurde abgearbeitet. Er meinte, den Verstand zu verlieren, als er in einer kurzen Pause der Folter die Anzeige gerade um 10 Punkte erniedrigt sah.

Irgendwann war es vorbei. Der Punktestand auf seinem Display war zu der sehnlichst erwarteten Null zusammengeschnurrt. Er hatte es geschafft. Als er die Augen aufschlug, registrierte er zwar, dass zumindest die Muskeln der Augenlider wieder funktionierten, doch sein Körper war vollkommen taub. Schmerz empfand er nicht mehr. Er spürte gar nichts, weder Kälte noch Wärme, weder Druck noch das Gefühl der Entspannung. Die Zeit schien stillzustehen. Kein Geräusch außer dem leise rasselnden Atmen der anderen drang zu ihm.

Was würde nun geschehen? War er jetzt frei und konnte gehen? Oder musste er hier eine Schuld abtragen, die er irgendwann auf sich geladen hatte, ohne dass er sich daran erinnerte?

Erleichtert wurde ihm bewusst, dass er wieder fähig war, Gedanken zu fassen, obwohl die Erschöpfung bleiern in seinen Gliedern steckte. Was spielte es schon für eine Rolle, wenn er sich mit Beginn des nächsten Tages wieder auf Warenjagd begeben musste, um 100 Punkte abzutragen? Zeit, Hunger, Durst und Erinnerungen wurden hier belanglos, weil jeder Begriff unter den zu erleidenden Qualen zerrieben wurde. Möglich, dass irgendwann nur die dumpfe Neugier übrig blieb, welche Variante der Tortur die nächste Nacht auf ihn wartete. Möglich, dass selbst diese Erwartung verschwinden und vollkommener Apathie das Feld überlassen werden würde. Er ahnte, dass er sich hier verlieren und gänzlich verlöschen könnte. Aber war dies nicht auch eine Art, so etwas wie ein Nirwana zu erreichen? Sämtliche persönlichen Bezüge würden verschwinden. Nichts würde mehr zurückbleiben. Nur noch das Ausschwingen zur völligen Starre täuschte dann so etwas wie Zeitfluss vor, bis auch dieser Impuls irgendwann zum Stillstand käme. Schwer wie ein Stein kippte er in einen traumlosen Schlaf, ohne dass sich dieses Mal ein neues Tor zum Schmerz öffnete.

Er wusste nicht, wie lange er geschlafen hatte, als er abrupt erwachte. Licht hatte ihn geweckt. Ein neuer Tag war angebrochen. Die Stockbetten stellten sich schräg, so dass er mit allen anderen, die nicht sogleich aus ihren Betten gesprungen waren, auf den Boden herunter rutschte. Die Ersten brachen schon auf, um die nächstgelegenen Geschäfte leer zu räumen, bevor sich der große Tross der Massen auf den Weg machen würde.

„Wie war es gewesen?"

Er blickte auf. Die Frau von gestern stand neben ihm. Sie sah fürchterlich aus. Ihr Gesicht war von Blutergüssen entstellt. Sie spürte seinen Blick, denn sie herrschte ihn an:

„Glaub ja nicht, dass du besser aussiehst. Sei froh, dass es hier keine Spiegel gibt. Du würdest schreiend vor dir selbst davonlaufen. Aber das gibt sich wieder. Nach den ersten

10 Punkten, die du abgearbeitet hast, wirst du wieder hergestellt sein."

Während sie sprach, schaute er auf seine Plastikscheibe. Die Zahl 100 funkelte ihm entgegen. Alles war bereit für einen neuen Tag! Als er versuchte aufzustehen, knickte er sofort wieder ein. Er schien keine Kraft mehr in den Beinen zu haben. Sie half ihm auf und stützte ihn.

„Auch das gibt sich. Mangelnde Durchblutung. Manchmal scheint es Schwierigkeiten mit der Wiederherstellung zu geben, wenn besonders viele Torturen angewandt wurden. Aber auch das vergeht nach einiger Zeit wieder. Los, machen wir uns auf. Die Zeit drängt und die guten Geschäfte werden schon bald ausgeräumt sein."

„Ich kann nicht. Am besten, du setzt mich auf einer der Treppen ab. Ich werde schon allein zurechtkommen. Es war fürchterlich. In der Nacht bin ich dutzende Male gestorben."

„Fast jedem hier ist es so ergangen. Wer schafft schon alle 100 Punkte? Das sind Glückstage, die zwar vorkommen, aber sie sind die Ausnahme. Jeder Punkt ein Tod, so ist das hier nun einmal. Das wird so bleiben. Das wird ein Teil von dir werden. Es ist nicht so, dass du dich daran gewöhnen wirst. Aber du wirst lernen, es zu akzeptieren. Komm, lass uns endlich losgehen."

War das noch dieselbe Frau, die er am Tag zuvor kennengelernt hatte? Was war von der hübschen kleinen Person mit der himmelwärts strebenden Stupsnase übrig geblieben? So verquollen, verschrammt und zerkratzt, wie sie jetzt aussah, wirkte sie fremd und unnahbar auf ihn, wäre nicht ihre etwas kratzbürstige Stimme gewesen, die unverkennbar die ihre war. Sie blickte ihn an. Er fasste nach ihrer Hand.

**Der Plan**

Auf der Straße herrschte dichtes Gedränge. Jeder Schritt schmerzte ihn, aber er versuchte, sich nichts anmerken zu lassen, denn er wollte sich vor der Frau keine Blöße geben.

„Es wird bald wieder besser. Mit jedem Schritt wird dir das Gehen leichter fallen. Du wirst dich dran gewöhnen müssen. Selten genug, dass es jemand schafft , alle Punkte bis zum Abend abzuarbeiten. Ein paar Punkte bleiben fast immer übrig. Aber ich werde dafür sorgen, dass es niemals mehr so viele wie gestern sein werden. Die nächste Nacht wird garantiert nicht mehr so schlimm."

Sie drängte ihn in das nächste Kaufhaus, das noch nicht leer geräumt war.

„Und was ist dann, nach der nächsten Nacht?"

Sie schien ihn nicht verstehen zu wollen, denn sie schüttelte nur den Kopf, während sie ihn weiterzog.

„Was soll dann sein? Es geht eben immer so weiter, Tag für Tag. Das müsstest du doch inzwischen wissen."

„Und was ist, wenn ich einfach nur hier sitzen bleibe, nicht mehr mitmache und Punkte Punkte sein lasse? Streik! Wir streiken einfach, werden Sand im Getriebe. Mehr als auf ewige Zeit quälen geht doch nicht. Mehr als letzte Nacht ist nicht möglich. Was sollte noch Schlimmeres geschehen? So habe ich wenigstens tagsüber meine Ruhe."

Sie schüttelte den Kopf.

„Hast du schon vergessen, was dir passiert ist, als du die Tomate heruntergewürgt hast? Meinst du, die könnten nicht noch tiefer graben? Glaubst du, es gäbe nicht noch Möglichkeiten, dein Schmerzempfinden auszuweiten?"

„Nein, Schlimmeres als letzte Nacht kann es einfach nicht mehr geben."

Verärgert fuhr sie ihn an:

„Ach lass mich doch in Ruhe! Ich habe keine Lust mehr
weiterzureden. Entweder, du hilfst mir jetzt Punkte
abzuarbeiten, oder du störst mich nicht weiter. Ich habe
durch dich schon genug Zeit vertrödelt."

Sie drehte sich um und verschwand in der Menge. Er
versuchte, ihr nachzulaufen, aber es gelang ihm nicht
mehr, sie einzuholen. Jetzt, da er allein war, merkte er
erst, wie sehr sie ihm geholfen hatte. Er ließ sich willenlos
von der Menge voranschieben. Die meisten Stände, an
denen er vorbeikam, waren schon leer geräumt. Er musste
seine ganze Kraft darauf verwenden, von den anderen
nicht abgedrängt zu werden. Als es ihm endlich gelang, an
einen noch gefüllten Warenkorb mit Kirschen zu gelangen,
nahm er gleich zwei Stück davon. In der Hoffnung, die Frau
wieder zu treffen und ihr eine Kirsche schenken zu
können, stopfte er beide in die Tasche. Bald darauf folgten

zwei Knöpfe, zwei Stück Seife und an einem Straßenrand zwei Maiskolben, die unter einer der leer herumstehenden Kisten vergessen worden waren. Es wunderte ihn, dass er nicht dafür bestraft wurde, mehr als ein Stück von einem Gegenstand an sich genommen zu haben. Wäre das eine Möglichkeit, das System zu unterlaufen? Wenn sich 100 Leute zusammentäten und jeder 100 Exemplare von nur jeweils einer Warenart einsammelten und sie dann am Abend untereinander austauchten?

Sein Punktestand war inzwischen kräftig gefallen, aber er lag noch immer weit über dem der anderen um ihn herum. Wenn er sich nicht beeilte, konnte er es unmöglich schaffen, ihn bis zum Abend auf null zu reduzieren, zumal die meisten Kleinartikel inzwischen längst vergriffen waren.

Plötzlich sah er die Frau wieder, wie sie soeben in einem Kaufhaus verschwand. Er zwängte sich durch die

Menschenmenge hindurch und rannte ihr nach. Im ersten Stockwerk des Kaufhauses fand er sie an einem Stand, der erstaunlicherweise nur von wenigen Leuten umlagert war. Als sie ihn sah, strahlte sie ihn an.

„Ich hab es gewusst. Hier musste es sein. Ich habe es geschafft! Beeil dich, bevor es sich herumgesprochen hat. Es ist nicht mehr viel da und man wird schon auf uns aufmerksam. Ein echter Zehnerpunkt! Ein Schal und zehn Punkte weniger! Das passiert dir nicht jeden Tag."

Und wirklich, seine Punkteuhr sprang von 59 auf 49 zurück, als es ihm gelungen war, einen langen Schal, an dem bereits ein Dutzend Hände zerrten, Meter für Meter und schließlich ganz für sich zu gewinnen. Immer noch grapschten Hände nach ihm, während er sich bemühte, ihn als Knäuel in seine Tasche zu stopfen. Lachend über ihren Sieg gingen sie den Gang zur Rolltreppe zurück.

„Hör zu, ich hab eine Lücke im System gefunden."

Er reichte ihr die Kleinwaren, die er doppelt in seinen Taschen verstaut hatte. Ihre Augen leuchteten:

„Wieso machst du das? Warum hilfst du mir?"

„Weil auch ich deine Hilfe brauche. Allein schaffe ich es nicht. Ich habe eine Strategie entwickelt, um das Punktesystem zu unterlaufen. Dazu müssen wir uns wieder trennen. Wir nehmen von jedem Gegenstand, den wir finden, immer zwei Stück und tauschen sie dann heute Abend aus. Wichtig dabei ist, dass wir in verschiedene Richtungen gehen, damit jeder etwas anderes findet und wir nicht mit den gleichen Sachen zurückkommen. Damit gewinnen wir Zeit und ruhige Nächte. Von diesem Ruhepodest aus können wir dann weiter überlegen, wie wir hier wieder rauskommen."

„Was nützt uns hier Zeit? Zeit zum Nachdenken? Das macht nur trübsinnig. Hier herauskommen? Wohin sollten wir denn?"

„Das weiß ich nicht. Ich weiß nur, dass ich hier nicht bleiben will. Helfen wir uns gegenseitig! Vielleicht schließen sich uns mit der Zeit noch andere an. Dann würde es immer einfacher werden."

„Du bist ein Optimist, der an Utopien glaubt. Und Utopien zerschellen immer an der Wirklichkeit. Je mehr Leute du in dein System einbindest, desto unsicherer wird es. Übrigens ist deine Idee nicht neu. Abends wird hier schon seit langem kräftig getauscht und verschoben. Es ist sehr gefährlich, denn jeder Gegenstand, der dir doppelt oder mehrfach übrig bleibt, schlägt schlimm zu Buche. Aber machen wir es so, wie du vorgeschlagen hast. Vielleicht ist das eine Möglichkeit, wenigstens heute unbeschadet davonzukommen. Aber nur unter einer Bedingung. Wir versuchen es zu zweit. Keine neuen Verabredungen mit anderen hinter meinem Rücken. Das ist mir zu unsicher. Aber jetzt genug geschwafelt! Die Zeit läuft uns davon. Wir treffen uns heute Abend."

Sie rechneten anhand ihres Punktestandes aus, wie viel jeder von ihnen noch an doppelten Gegenständen finden musste und gingen dann in entgegengesetzter Richtung davon. Er fand es seltsam, dass sich nicht alle längst schon zusammengeschlossen hatten und sich gegenseitig auf diese Weise halfen. Würde damit nicht das ganze System zusammenbrechen? Missmutig schüttelte er den Kopf, stürzte sich in eine Menschentraube und ließ sich von ihr in das nächste Kaufhaus schieben.

**Geglückter Tag**

Er blickte sich um und erschrak. Jetzt erst fiel ihm auf, dass er sich über Stunden hatte dahintreiben lassen, ohne darauf zu achten, wo er sich befand. Die Fassaden der

Kaufhäuser wechselten sich zwar in ihren Farben ab,

wiederholten sich aber nach einiger Zeit immer wieder.

Auch die Plätze der Einkaufsstraßen waren einheitlich und

sahen alle gleich aus. Er besaß keinerlei Anhaltspunkte,

wohin er sich jetzt mit seinen vollen Taschen zu wenden

hatte. Verloren quetschte er sich mit dem Rücken gegen

die Glasfront eines Kaufhauses und ließ die

Menschenmenge an sich vorüberziehen. Die schweren

Taschen stellte er zwischen seinen Beinen ab. Was sollte er

jetzt machen? Er schalt sich einen Idioten, nicht

aufmerksamer gewesen zu sein. Auch hatten sie nicht

darüber gesprochen, ob sie am Abend wieder die gleichen

Betten aufsuchen würden. Was für eine Nacht stand ihm

bevor, wenn er die Frau nicht rechtzeitig fand! Sein

genialer Überlebensplan wäre gescheitert!

Er reihte sich wieder in die Menschenmenge ein und ließ sich treiben. Vielleicht fand er dadurch zur gestrigen Schlafstätte zurück. Manchmal hob er den Kopf und versuchte, in den Gesichtern der Menschen zu lesen, die neben ihm herschlurften. In ihnen spiegelte sich seine eigene Müdigkeit und Hoffnungslosigkeit wider. Trafen sich seine Blicke mit denen der anderen, wichen die Augen erschrocken aus, als wäre es nicht erlaubt, in dieser beschämenden Präsenz wahrgenommen zu werden. Jeder schien zu versuchen, so schnell wie möglich in der Menge unterzutauchen, um ausgelöscht und vergessen zu werden. Nichts sollte bleiben, alles sollte zerrinnen, der eingefangene Augenblick nicht anders als die eingesammelten Gegenstände, die abgeleisteten Punkte, die möglichst schmerzfreien Nächte, die in Einsamkeit in der Menge verbrachten Tage. Er begann das Ausmaß dieser Hölle zu begreifen.

Über den Straßen und Plätzen schien keine Sonne. Es gab nur eine milchig weiße Helligkeit, die jetzt langsam abnahm. War dies letztlich eine künstlich geschaffene Welt, die vielleicht nur in seinem Kopf existierte? Dann wäre die Lösung einfach: Er müsste nur aufwachen, um aus diesem Alptraum herauszukommen.

Irgendwann erreichte er tatsächlich die Unterkunft der letzten Nacht, die er jetzt beinahe schon als Zuhause empfand.

Mit Spannung erwartete er die Frau. Seinen Teil des Plans hatte er erfüllt. Wenn sie genauso erfolgreich gewesen war, würde sie wenigsten eine ruhige Nacht erwarten. Er stieg langsam die Treppe hinauf. Das Treppenhaus war wie am Tag zuvor mit Heimkehrenden überfüllt, die sich bemühten, ihre sperrigen Waren hoch zu schleppen. Er drängte voran, schaute sich nach allen Seiten um und versuchte, die Frau zu entdecken. Was würde geschehen, wenn er sie nicht fand? Er mochte gar nicht daran denken.

Auf der obersten Etage, dort, wo sie die letzte Nacht verbracht hatten, saßen die Heimkehrenden um die Metallplatte, die inmitten des Schlafsaals in den Boden eingelassen war, und ließen ihren Warenberg registrieren. Er nahm seine Waren wieder auf, stopfte sie in die Tüten und durchsuchte das ganze Stockwerk, doch die Frau war nirgendwo zu sehen. Resigniert sah er den Menschen zu, wie sie Stück für Stück ihre Waren auf die Platte legten – einen Apfel, einen Autoreifen, eine Mohrrübe –, bis der Berg nach einem kurzen Vibrieren verschwand. Als der Platz für ihn freigeworden war, hockte er sich an den Rand der Platte und legte alle Gegenstände, die er für sich selbst gesammelt hatte, dort ab. Auch sie verschwanden. Sein Punktestand war auf 40 zusammengeschmolzen. Noch immer 40 Punkte zu viel! Wo blieb sie nur? Er stand auf und ging nochmals die Säle seines Stockwerkes durch. Auf

den Betten saßen Männer, die ihre Waren untereinander

austauschten. Sie hatte Recht gehabt. Er war mit seiner

Idee nicht allein. Ein Mann führte nichts anderes als

Zigaretten, ein anderer hatte einen Haufen Reißzwecken

vor sich aufgeschichtet und wartete sehnsüchtig auf

Kunden. Aber offensichtlich hatte jeder genügend eigene

Reißzwecken gesammelt, denn niemand tauschte mit ihm.

Der Mann schien verzweifelt, denn sein Display zeigte

deutlich die Zahl 97.

Die Türen begannen sich automatisch zu schließen. Das

Licht im Saal erlosch. Er hatte sich schon damit

abgefunden, sie nicht wieder zu sehen und erneut eine

Nacht voller Qualen verbringen zu müssen, da sah er sie,

wie sie sich gerade noch durch den immer enger

werdenden Türspalt hindurch quetschte. Sie flog ihm

entgegen und umarmte ihn.

„Das war knapp. Schnell, wir müssen uns beeilen, sonst bleiben wir auf unseren Punkten sitzen!"

Hastig warf sie ihm eine Tasche zu. Er gab ihr die seine mit den doppelt gesammelten Waren und beide hockten sich neben die Metallplatte. Als auch dieser Berg verschwunden war, blinkte auf den Plaketten an ihren Handgelenken jeweils die Null. Es hatte geklappt!

„Wir haben es geschafft! Für diese Nacht sind wir frei und hoffentlich auch für alle folgenden Nächte. Nun haben wir genügend Zeit, um uns zu überlegen, wie wir aus dieser Hölle entkommen können."

Sie schüttelte nur den Kopf.

„Mach dir keine Illusionen. Sie werden etwas anderes finden, um uns zu quälen. Es gab schon viele Veränderungen, die alle gefassten Pläne wieder zunichte gemacht hatten."

„Was für Veränderungen?"

„Es gab Tage, da waren ganze Straßenzüge gesperrt, ohne Angabe von Gründen. Dann mussten wir weit gehen, bis wir auch nur ein paar Punkte abgearbeitet hatten. Ein anderes Mal war die komplette Stadt verschwunden. Nur der Bau mit den Schlafsälen stand inmitten einer Wüste. An einem solchen Tag gehst du los, in der Hoffnung, doch noch irgendwo etwas zu finden – aber es gibt nichts. Am Abend bleiben dir 100 Punkte und die Nacht wird lang. Ich bin zu müde, um dir alles aufzuzählen. Es ist sinnlos. Du musst endlich aufhören, dich zu wehren. Es gibt kein Weg hier heraus. Akzeptiere es einfach und es wird dir leichter fallen."

Sie hatte sich bei diesen Worten auf ihr Bett gelegt. Er hörte ihre regelmäßigen Atemzüge und wusste, dass sie eingeschlafen war.

„Ich glaube das alles nicht", sagte er leise in die Dunkelheit hinein. „Wir haben es immerhin geschafft, dieses System zu unterlaufen. Wir werden es auch schaffen, hier wieder herauszukommen."

**Ernüchterung**

Es wurde hell im Saal. Automatisch kippten die Betten ihre menschlichen Inhalte auf den Boden. Von allen Seiten hörte er erschrecktes und ängstliches Jammern. Wieder einmal hatte sie Recht gehabt. Die Anzeige seiner Plastikscheibe flimmerte ihm friedlich und selbstverständlich die Zahl 200 entgegen.

Sie stand neben seinem Bett, fertig zum Aufbruch.

„Steh auf. Das wird heute ein hartes Stück Arbeit. Es wird uns zwar nicht gelingen, dies alles abzuarbeiten, aber wir können es wenigstens versuchen. Morgen wird hoffentlich alles wieder wie gestern sein – vielleicht. Raus jetzt! Wir

müssen jede Minute bis zur Dunkelheit nutzen."

Sie drehte sich um und eilte davon. Resigniert stand er auf

und trottete hinter ihr her. Ein neuer Tag war

angebrochen…

**********

# Fleischproduktion

Von der Ferne sah es friedlich aus, wie sich die einzelnen Gebäude zwischen Buschreihen duckten und harmonisch in die Landschaft einfügten. Es war auffallend still. Ein gutes Dutzend langgestreckter Stallungen lag unter der Hitze der prallen Sonne, die über der leicht hügeligen Landschaft brütete und die Menschen wohl in die Häuser getrieben hatte, denn niemand war auf der grob gepflasterten Dorfstraße zu sehen.

Von der Kuppe des Hügels aus, auf dem er stand, sah er weit hinter dem Dorf zwei Landarbeiter einen Pflug ziehen. Sie schienen sich sehr zu plagen. Er meinte, Geschirr sehen zu können, das sie sich wohl angelegt hatten, um den schweren Pflug besser in das Erdreich treiben zu können. Seltsamerweise stapfte ein Bulle mit schwerem Schritt ganz frei hinter ihnen her.

Plötzlich lief eine kleine Herde Schweine völlig unbeaufsichtigt über die Dorfstraße und verschwand kurz darauf in einer der Stallungen. Dann tauchten Hühner auf und gackerten aufgeregt. Er zuckte zusammen, als die Stille auf dem Hügel durch das Geschrei der Tiere zerrissen wurde. Es schien ihm, als deuteten die Hühner mit den Spitzen ihrer wild schlagenden Flügel in seine Richtung.

Vorsichtig ging er durch das hohe Gras den steilen Hügel hinunter auf den Bauernhof zu. Es war nicht zu vermeiden, dass er an den Hühnern vorbeikam. Statt ihm auszuweichen, flatterten die Hühner mit lautem Gegacker auf ihn zu. Als er versuchte, sich in weitem Bogen an den Vögeln vorbei zu schleichen, stürzten sie sich auf ihn, hackten ihn mit ihren spitzen Schnäbeln in die Beine, flatterten in sein Gesicht und krallten sich in seine Kleidung ein. Sie ließen erst von ihm ab, als er den Weg weiter zu den Gebäuden im Tal ging, umkesselten ihn jedoch flügelschlagend von drei Seiten so, dass er weder

zurück noch in seitlicher Richtung hätte ausweichen

können.

Etwas vollkommen Unbegreifliches geschah hier. Die

Entschlossenheit und wilde Kampfbereitschaft, mit der

sich ihm die Hühner entgegenstellten und ihn vor sich her

trieben, zeugte von einem intelligenten Verhalten, das er

solchen Tieren niemals zugetraut hätte.

Die ersten Häuser waren nur noch wenige Meter entfernt.

Gab es denn hier sonst keine Menschen? Er blickte zu den

beiden Männern, die hinter dem Dorf das Feld pflügten.

Der Acker lag etwas höher als die Häuser, so dass er nun

deutlich erkennen konnte, wie der vorher vermeintlich

träge hinter den Männern her trottende Bulle diese in

Wirklichkeit antrieb. Immer dann, wenn einer der Männer

in seinem Pfluggeschirr wohl aus Erschöpfung stehen

blieb, stieß ihn der Bulle mit den Hörnern an, so dass der

angeschirrte Mensch unter seiner schweren Last weiter

voran stolperte.

Was zum Teufel war hier nur los? Hatte er vielleicht

gestern zu viel getrunken?

Vor sich sah er ein Rudel Schweine, das sich auf der Straße,

die  zu den Häusern führte, versammelt hatte und ihm

erwartungsvoll entgegen blickte.  Eines der Schweine hatte

ein Pfluggeschirr in den Klauen, die es wie Hände zu

gebrauchen wusste. Das Geschirr war ähnlich dem, das die

Männer auf dem Feld trugen. Es erschien ihm, dass es für

ihn bestimmt war.

Das war eine Falle!  Instinktiv sprang er mit einem Satz

quer durch die flügelschlagende Hühnerschar und lief

zurück in die Richtung, aus der er gekommen war.

Aufgewirbelter Staub und Hühnerfedern nahmen ihm

zunächst die Sicht, aber er schien es geschafft zu haben. Er

gewann immer mehr Abstand zu den seltsamen Tieren.
Nur eine der Hennen gelang es, sich hochflatternd in
seinen Rücken einzukrallen und von dort aus auf den Kopf
einzuhacken. Er versuchte, das Tier im Laufen
abzuschütteln, doch es setzte die Krallen immer tiefer in
seine Haut. Er, der normalerweise niemandem, und schon
gar keinem Tier, etwas zuleide tun konnte, riss, ohne
stehen zu bleiben, dem Huhn die Federn, die er mit der
Hand erreichen konnte, mit einem Ruck aus. Der Vogel ließ
mit wütendem Gegacker von ihm ab und plumpste
unbeholfen ins Gras.

Erleichtert über diesen Erfolg  blickte er kurz zurück. Die
Schweine hatten die Verfolgung aufgenommen! Aus den
Häusern im Tal strömten nun Pferde, Ziegen, Kühe, Schafe
und Hunde, die zusammen mit den Schweinen wiehernd,
meckernd, blökend, muhend und bellend hinter ihm her
hetzten.

Er rannte so schnell er konnte und drehte sich auch dann

nicht mehr um, als die Tierstimmen aufgrund der

gewonnenen Distanz immer leiser wurden. Völlig

erschöpft kam er zu dem Hof, den er erst am Morgen

zielstrebig verlassen hatte, um seine seit Tagen vermisste

Frau zu suchen.

Fast panisch verriegelte er die Tür von innen und schaute

durch das Küchenfenster. Nichts war mehr von seinen

tierischen Verfolgern zu sehen. Erst jetzt bemerkte er die

Frau, die am Küchenherd stand.

„Was ist denn in dem Tal los? Wieso hast du mich nicht

gewarnt?"

Gleichgültig erwiderte sie:

„Du hast nicht danach gefragt. Ich wollte dich nicht

entmutigen. Wenn ich es dir erzählt hätte, hättest du es

mir geglaubt? Es ist ein Wunder, dass du lebend zurückgekommen bist."

„Ich muss meine Frau finden! Sie ist zuletzt hier bei euch gesehen worden. Man hat mir gesagt, sie sei ins Tal gegangen."

Sie blickte ihn traurig an.

„Ich verstehe dich. Versuch es nachts, wenn die Tiere schlafen. Vielleicht hast du dann mehr Glück und findest deine Frau."

Er vertrieb sich die Zeit bis zum Abend, indem er im Stall arbeitete, melkte, ausmistete und die Kühe fütterte. Niemand ließ sich blicken. Sie mieden ihn, als hätte er eine ansteckende Krankheit. Nach Einbruch der Dunkelheit ging er los, ohne sich zu verabschieden.

Tiefe Stille umhüllte ihn. Er fühlte sich in der Dunkelheit geborgen und es gefiel ihm, in dieser Ruhe langsam über die Hügelkette zu wandern. Je näher er dem Tal kam,

desto vorsichtiger setzte er seine Schritte, um

verräterische Geräusche zu vermeiden. Dennoch knackten

ab und zu kleinste Äste unter seinen Schuhen, was ihn

jedes Mal zusammenzucken ließ.

Im Tal angekommen hörte er keinen Laut. Es brannte

nirgends Licht. Vorsichtig schlich er sich an die erste

Stallung heran, die sich auf gut 50 Meter in die Länge

erstreckte. Die Eingangstür war in einer Schiene oberhalb

des Rahmens mit Rollen eingehängt. Sie ließ sich

geräuschlos einen spaltbreit zur Seite schieben, gerade so

weit, dass er hindurchschlüpfen konnte. Sobald er im

Innern war, schob er die Tür wieder zu. Es war

stockdunkel. Er brauchte ein paar Augenblicke, bis sich

seine Augen an die Dunkelheit gewöhnt hatten und er sich

orientieren konnte.

Dann sah er, zunächst schemenhaft, dann immer deutlicher, das Unfassbare:

Links und rechts eines schmalen Ganges schliefen in zwei langen Reihen nackte Menschen auf dem kalten Lehmboden. Mit einem Stahlhalsband und einer schweren Metallkette waren sie an der Wand fest angepflockt. Der Unterleib und die Beine lagen auf einem Gitterrost, durch den Kot und Urin der Bedauernswerten in einen Schacht unter ihnen fallen konnte. Es stank bestialisch.

Unruhig bewegten sich die Menschen im Schlaf. Keiner bemerkte ihn. Er stand wie versteinert da und murmelte vor sich hin:

„Ich muss sie finden!"

Diese Worte, die sich, wie auf einer beschädigten CD, in seinem Kopf immer weiter wiederholten, lösten ihn aus der Erstarrung. Vorsichtig schritt er näher und schaute jedem der Schlafenden ins Gesicht, in der Hoffnung,

irgendwo darunter seine geliebte Frau zu erkennen. Doch

in diesem Stall war sie nicht.

Plötzlich fühlte er eine Hand auf seinem Arm. Kraftlos

versuchte sie ihn auf den Boden zu ziehen. Als er nachgab

und sich bückte, sah er einen Mann, der verzweifelt den

Oberköper aufzurichten versuchte und ihm mit heiserer

Stimme zuraunte: „Verschwinde so schnell du kannst,

sonst wird es dir genauso wie uns ergehen."

Er verließ den Stall und lief weiter zum nächsten und dann

zum übernächsten Gebäude. Erfolglos durchsuchte er

noch ein Dutzend gleichartig eingerichteter Ställe, die er

gebückt durchschritt, um die Gesichter der Gepeinigten

besser erkennen zu können.

Am Ende der langen Reihe einheitlicher Ställe stand ein

rund angelegtes und höheres Bauwerk, das mit

zahlreichen Luftschlitzen im Dach versehen war. Als er es betrat, schlug ihm ein unbeschreiblicher Gestank entgegen. Trotz der Belüftung im Dach war die Luft kaum atembar. Hier wurden die Menschen in Käfigen gehalten, die nur so groß waren, dass die Gefangenen jeweils einzeln und nackt in geduckter Haltung darin hocken konnten. Ein sich Umdrehen, Ausstrecken oder gar Aufrichten war nicht möglich. Die Haut der Menschen war an zahlreichen Stellen durch die Käfiggitter aufgeschürft und wies schrundige, eitrige Wunden auf. Da die Füße nur auf dem blanken Gitterrost Halt fanden, waren die Fußsohlen schwielig und teilweise aufgeplatzt. Manche Käfiginsassen leckten ununterbrochen an ihren Verletzungen, um sich Linderung zu verschaffen.

Die Käfige waren in drei Stockwerken übereinander gestapelt. In einem Käfig der mittleren Reihe fand er sie endlich! Vorsichtig rüttelte er an den Gitterstäben, um die anderen Käfiginsassen nicht zu wecken und auf ihn aufmerksam zu machen.

Sie hob müde und kraftlos den Kopf. Es gelang ihr kaum, die völlig verdreckten und zugeschwollenen Augenlider zu öffnen. Er faste durch die Gitter hindurch und versuchte, ihre Augen mit einem Finger vom groben Schmutz zu befreien. Das schien ihr weh zu tun, denn sie zuckte die wenigen Zentimeter, die ihr dazu Platz blieben, mit dem Kopf weg.

Er wusste nicht, ob sie ihn erkannte. Ihr Gesicht starrte so vor Schmutz, dass er ihre Mimik ohnehin nicht deuten konnte. Als sie ihm ihre Hand durch das Gitter zustreckte, um sein Gesicht abzutasten, sah er, dass ihr sämtliche Fingernägel ausgerissen worden waren. Die Enden der Finger waren blutig schwarz aufgeschwollen. Sie wirkte wie im Delirium, als sie zu ihm sprach. Er musste genau hinhören, um sie zu verstehen. Es schien ihr an Kraft zu

fehlen, um die einzelnen Worte deutlich zu formulieren.

„Wieso bist du nicht im Käfig? Willst du, dass dir der Kopf

abgeschlagen wird? Lass dich nicht erwischen!"

Diese wenigen Worte schienen ihrdie letzte Kraft geraubt

zu haben. Sie fiel in einen Dämmerschlaf. Ihr Kopf sackte

zur Seite. Er hebelte die grob mit einer Drahtschlinge

verschlossene Gittertür auf, die mehr durch den

eingetrockneten Dreck auf dem Gitterboden, als durch

diese primitive Vorrichtung gehalten wurde. Es wäre ihr

ein Leichtes gewesen, den Käfig zu öffnen. Erst, als er ihre

Arme sah, verstand er, weshalb ihr dies nicht gelungen

war:

Ihre Oberarmmuskulatur war auf beiden Seiten mit einem

tiefen Schnitt quer durchtrennt. Er wunderte sich, wie sie

es überhaupt geschafft hatte, sein Gesicht mit den Fingern

abzutasten. Es war wohl das Äußerste an Bewegung, wozu sie noch fähig war. Als er ihren Kopf am Kinn vorsichtig nach oben hob, sah er, dass ihr die vorderen Zähne ausgeschlagen worden waren. Wie aus tiefem Schlaf geweckt murmelte sie:

„Ich kenne dich. Ich weiß nicht woher. Geh in deinen Käfig zurück. Ich bleibe hier. Die Kontrollen kommen. Ich will nicht in die Tonne gesteckt werden."

Er versuchte, sie aus dem Käfig herauszuziehen, doch sie stemmte sich mit aller Kraft mit den Füßen gegen die Gitterstäbe, so dass es ihm nicht gelang.

„Lass mich los! Verschwinde! Sonst schreie ich und dann ist es mit uns beiden vorbei."

Er lockerte seinen Griff um ihren Brustkorb.

„Erkennst du mich denn nicht? Erinnerst du dich nicht an unser gemeinsames Leben? Ich bin dein Mann. Ich liebe dich."

Obwohl ihr die Vorderzähne fehlten, versuchte sie, ihn in die Arme zu beißen. Die Kiefer rutschten jedoch über seine Haut hinweg, ohne mehr ausrichten zu können, als sie ein wenig zu quetschen. Sie versuchte zu schreien, aber ihre krächzende Stimme war so leise, das er sie kaum verstand:

„Hau endlich ab! Ich bin müde. Ich will schlafen. Ich habe Durst. Ich habe Hunger. Mir ist kalt."

Er wollte wieder nach ihr greifen, um sie trotz aller Gegenwehr aus dem Käfig zu befreien, als es plötzlich hell wurde. Die Deckenlichter waren eingeschaltet worden. Rotoren begannen laut zu brummen und wälzten die dumpffeuchten Luftmassen um. Förderbänder an der Decke, die er erst jetzt bemerkte, bewegten sich und ließen Rübenschnitzel und Kartoffelschalen in die Käfige hineinfallen. Die Frau stürzte sich auf die wenigen Stücke, die durch die Gitterstäbe zu ihr herunter purzelten. Es zischte neben ihm, als sich ein winzig kleiner Becher, der in die Käfigwand eingelassen war, automatisch mit Wasser füllte.

Die Eingangstür öffnete sich und eine Gruppe Schweine trottete in den Stall. Er konnte gerade noch rechtzeitig die Gittertür schließen und sich hinter einem Käfigturm im Schlagschatten einer Zwischenwand verstecken, um nicht entdeckt zu werden.

Während er sich geduckt an die aus rohen Planken gefertigte Holzwand drückte und abwartete, bis die Schweine an ihm vorbei waren, hörte er hinter den Brettern für einen Bruchteil einer Sekunde ein hohes Krächzen, das wie ein halberstickter Schrei klang und sich in gleichmäßigen Abständen wiederholte. Mit aller Vorsicht schob er sich bis zu einem Durchgang in der Zwischenwand vor, durch den die Schweine verschwunden waren, und spähte in einen nun hell erleuchteten Nebenraum.

Fast die gesamte Länge des Raumes wurde durch ein Förderband eingenommen, das ruckartig an ihm vorbeizog. An diesem Band baumelten, im Abstand von je einem Meter, spitze Metallhaken, an denen Menschen kopfüber an den Füßen aufgehängt waren. Die Haken waren durch die Achillessehnen der Aufgehängten gespießt, da Haut und Muskelgewebe allein wohl das Gewicht nicht ausgehalten hätten, ohne durchzureißen.

Von seinem verborgenen Standort hinter der Zwischentür aus konnte er sehen, wie vier Schweine eine Lore mit großer Mühe heran schoben, in dem sich fast ein Dutzend völlig verdreckter, nackter Menschen befand. Der Kippwagen wurde auf der rechten Seite des Förderbandes ausgeleert, wobei die geschundenen Geschöpfe hilflos auf den harten Boden fielen. Die Schweine rissen sie nacheinander brutal in die Höhe und hängten sie mit den Füßen nach oben an die Haken. Außer diesem erstickten Schrei, den er zuvor durch die Zwischenwand hindurch gehört hatte, waren die halbtoten Menschen zu keinem Laut mehr fähig. Dieser heißere, vom Schmerz des spitzen Hakens durch die Sehnen hervorgerufene entmenschte Klageton wiederholte sich fast rhythmisch, bis alle Ausgeladenen am Förderband hingen.

Die Schweine kamen nun wieder an ihm vorbei, schoben den leeren Transportwagen durch die Tür der Zwischenwand, wohl, um ihn mit einer neuen Ladung aus dem Käfigraum zu füllen. Wieder musste er sich tief in den Schatten drücken, um nicht entdeckt zu werden.

Als er zu seinem halbwegs sicheren Platz zurückkehrte, hatte das Förderband die aufgehängten Menschen bereits zur anderen Seite des Raumes transportiert. Dort befand sich eine Vorrichtung aus säbelförmig rotierenden Messern, die den vorbeigleitenden Körpern die Köpfe vom Rumpf abtrennten. Blut schoss mit einem kräftigen Strahl aus den Halsstümpfen heraus und lief über eine Rinne in einen großen Bottich. Ein über und über mit dem roten Lebenssaft besudeltes Schwein rührte den Inhalt mit einem Holzstab, damit das Blut nicht stockte.

Inzwischen waren die ersten bestückten Haken des Förderbands an der nächsten Station angelangt. Dort lösten kleine, in verschiedenen Positionen angebrachte Messer die Haut der Geschlachteten vom Rücken, Bauch, Armen und Beinen. Große blutige Hautlappen hingen nun an den Körpern bis zum Boden herunter und wurden ein kleines Stück mitgeschleift, bis sie abgeschnitten und, auf einer Karre verladen, abtransportiert wurden. Ein Stück weiter schnitt ein Schwein im Akkord den enthäuteten Torsi die Bäuche auf. Bei der nächsten Station standen drei der tierischen Metzger. Sie trennten die Gedärme ab

und weideten die Bauchhöhle aus. Unaufhörlich glitt das

Förderband weiter. Die Brusthöhlen wurden geöffnet.

Lungen und Herzen flogen auf einen Tisch, auf dem sie von

schwitzenden Schweinen weiter zerkleinert wurden.

Was weiter geschah, konnte er nicht mehr erkennen, denn

ein in die Länge gedehnter Schrei zerriss das gleichförmige

Rattern der Maschine. Der Klang dieses Schreies, so

unmenschlich er auch schien, war ihm vertraut. Sie war es!

Er rannte geduckt zu den Käfigreihen zurück und

versteckte sich hinter einem der Gittertürme. Seine Frau

wurde von zwei kräftigen Ebern mit Gewalt aus dem Käfig

gerissen. Sie versuchte mit ihren verstümmelten Armen

um sich zu schlagen, aber es war nur ein kraftloses Zucken,

mit dem sie gegen die Schweine nichts ausrichten konnte.

Er sah, wie ihr ein Schlachtmesser in den Hals gestoßen

und ihr Körper kopfüber in eine bereitstehende Tonne

geworfen wurde, die auf einer Sackkarre befestigt war. Die

Beine hingen aus der Tonne heraus. Haltlos wie

Sonnenblumen im Wind, deren Köpfe von den

ausgereiften Kernen zu schwer geworden waren,

schaukelten sie hin und her, als die Sackkarre aus dem

Raum gefahren wurde. Er folgte der kleinen Gruppe und

musste mit ansehen, wie seine Frau aus der Tonne in eine

Jauchegrube geworfen wurde, aus der es ätzend scharf

und süßlich nach Verwesung stank.

Als sich die Schweine mit der leeren Karre wieder in das

Gebäude zurückgezogen hatten, kletterte er eine kleine

Leiter in die Grube hinunter. Er musste über unzählige

starre Körper geschundener und bereits starrer Geschöpfe

steigen, bis er sie erreichte.

Sie röchelte. Aus ihrem Mund floss Speichel und aus dem

Schnitt, in den sich das Schlachtmesser gebohrt hatte,

pulste ein schwacher, dünner Blutstrahl. Er bettete ihren

Kopf in seine Armbeuge und streichelte ihr mit Dreck überzogenes und verkrustetes Gesicht, wobei er vorsichtig einzelne Brocken ablöste, die sich um ihre Nasenöffnungen gebildet hatten, um ihr das Atmen zu erleichtern. Es schien ihm, dass sich ihre Augen wie erkennend auf ihn richteten, dann brach ihr Blick und die Spannung ihres Körpers fiel in sich zusammen.

Starr vor Schmerz und Trauer blieb er neben ihr sitzen und streichelte weiter mechanisch ihr Gesicht, das nun völlig gelöst war und zu lächeln schien. Erst, als ein weiterer Körper in die Grube geworfen wurde, schreckte er auf. Er musste hier weg! Wenn sie ihn entdeckten, dann war es zu Ende mit ihm!

Jedes Geräusch vermeidend, stieg er aus der Jauchegrube heraus und schlich sich an den Häuserwänden entlang aus dem Tal des Grauens. Erst, als er auf dem Kamm der Hügelkette stand, hielt er einen Augenblick inne. Zwei

Keiler, die ihm lautlos gefolgt waren, schlugen ihn mit einem Knüppel nieder.

**********

## Buchstabensuppe

„Buchstabensuppe" beschreibt die Abhängigkeit eines kleinen Jungen von der Stimmung zwischen dem despotischen Vater und der devoten Mutter, sowie sein verzweifeltes Bemühen, die für ihn lebensnotwendige Harmonie in der Familie wieder herzustellen.

## Der Feind

„Der Feind" ist ein Computerspiel, dessen einziger Inhalt darin besteht, den Feind zu töten, um selbst zu überleben und damit ein höheres Level im Spiel zu erreichen. Die Kurzgeschichte zeigt die Einsamkeit des Spielers, der identisch mit dem Protagonisten und dem Feind im Spiel ist.

**Grenzenlos**

„Grenzenlos" zeigt die Zerstörung der Lebensgrundlage
durch unaufhaltsames, gieriges Wachstum und die daraus
resultierende Selbstzerstörung. Es ist eine Analogie zur
Umweltzerstörung und dem daraus drohenden Untergang
der Menschheit.

**Tauben füttern verboten**

„Tauben füttern verboten" erzählt die Geschichte einer
alten einsamen und in ihrer Demenz eingeschlossenen
Frau, deren einzige Gesprächspartner wildlebende Tauben
sind, die regelmäßig von ihr gefüttert werden. Um die
Vögel und sich selbst vor einer vermeintlichen Bedrohung
zu schützen, provoziert sie einen Unfall. Ein junger Mann
stirbt, weil die alte Frau nicht aus ihrer inneren Isolation
heraustreten kann und den Vorfall einfach vergisst.

**Die Lektorin**

„Die Lektorin" ist eine bitterböse Groteske, in der die

Hoffnungen eines Autors auf Anerkennung seines

Schaffens täglich aufs Neue vernichtet werden. Der in der

Nacht vom Autor unter großen Mühen „geborene" Text

wird tagsüber von der Lektorin in seine Bestandteile

zerlegt und neu zusammengesetzt. Der Autor wird

verhöhnt und gedemütigt, bis er nicht nur sich, sondern

auch seine Texte verliert.


**Konsumzwang**

„Konsumzwang" ist eine Utopie, in der Konsum als

Lebensinhalt ad absurdum geführt wird. Der Protagonist

wird in eine Welt hinein geschleudert, die fast

ausschließlich aus Geschäften und Kaufhäusern besteht.

An seinem Arm befindet sich ein Display, das die Zahl 100

zeigt. Mit jedem Gegenstand, den er aus einem Geschäft oder Kaufhaus einsammelt, sinkt die Zahl auf dem Display um eine Ziffer. Die erworbenen Gegenstände werden am Ende eines Tages vernichtet. Gelingt es nicht, die Zahl auf dem Display bis auf null zu reduzieren, wird dies in der darauffolgenden Nacht mit Folter bestraft. Am nächsten Tag beginnt alles von Neuem: Das Display zeigt wieder die Zahl 100 an, die es durch Konsum zu reduzieren gilt. Es gibt kein Entkommen.

**Fleischproduktion**

„Fleischproduktion" ist ein Plädoyer gegen die Massentierhaltung. Durch den eingenommenen Perspektivenwechsel von Mensch und Tier wird drastisch die Unmenschlichkeit verdeutlicht, mit der wir mit unseren Mitgeschöpfen umgehen.